Xica da Silva

João Felício dos Santos

Xica da Silva

3ª edição

JOSÉ OLYMPIO
EDITORA

MINISTÉRIO DA CULTURA
Fundação BIBLIOTECA NACIONAL

Reservam-se os direitos desta edição à
EDITORA JOSÉ OLYMPIO LTDA.
Rua Argentina, 171 – 1º andar – São Cristóvão
20921-380 – Rio de Janeiro, RJ – República Federativa do Brasil
Tel.: (21) 2585-2060 Fax: (21) 2585-2086
Printed in Brazil / Impresso no Brasil

Atendemos pelo Reembolso Postal

ISBN 978-85-03-00851-8

Capa: Hybris Design / Isabella Perrotta

República Federativa do Brasil
Presidente da República
Luiz Inácio Lula da Silva
Ministro da Cultura
Gilberto Gil Moreira

Fundação Biblioteca Nacional
Presidente
Muniz Sodré
Diretora Executiva
Célia Portella
Coordenação-Geral de Pesquisa e Editoração
Oscar M. C. Gonçalves
Coordenação-Geral do Livro e Leitura
Elmer Corrêa Barbosa

MINISTÉRIO DA CULTURA
Fundação BIBLIOTECA NACIONAL

CIP-Brasil. Catalogação-na-fonte
Sindicato Nacional dos Editores de Livros, RJ.

S235x
3ª ed.

Santos, João Felício dos, 1911-1989
Xica da Silva / João Felício dos Santos. – 3ª ed. – Rio de Janeiro: José Olympio / FBN, 2007.

ISBN 978-85-03-00851-8

1. Silva, Xica da, m.1796 – Ficção. 2. Romance brasileiro. I. Título.

CDD – 869.93
CDU – 821.134.3(81)-3

06-3127

Noites de lua. Satanás voltava como grande bode negro para mostrar aos aventureiros novas jazidas de pedras puríssimas. Então, a ambição espalhava o desentendimento entre os homens, que, desesperados, se matavam cruelmente.

Para defender e explorar tanta riqueza, a coroa concentrava sua força em mãos violentas e arbitrárias ao extremo. O contratador dos diamantes, imensamente rico, dominava os três poderes da terra, sabujos e corruptos: o intendente-geral, o sargento-mor e o pároco do Carmo, já que o ouvidor da comarca e a pobreza crioula só tinham alguma expressão representativa.

Dessa subversão e da miséria dos negros, brotou uma sociedade estranha de fausto, incultura, fantasia, capricho e desregramento: Xica da Silva *e sua espantosa loucura.*

A história dos diamantes no Brasil começou na Comarca do Serro Frio, nas minas gerais, por volta de 1720, coisa de vinte e cinco anos antes de Xica nascer.

Era no tempo do senhor dom João V, o rei mais nefasto de quantos Portugal teve a desventura de sustentar.

Depois, com o pseudônimo de dom José I, veio o marquês de Pombal e seu despotismo sem limites.

Mais tarde, juizinho desarranjado, dona Maria prosseguiu exaurindo a colônia da maneira mais ignóbil.

Só com dom João VI, única exceção entre seus antecessores, as coisas começaram a melhorar um pouco pras nossas bandas.

1

— Xica diaba, cadê minhas calças? — correndo em ceroulas por entre capados, galinhas, tomates, verduras, maianças de alhos, cebolas em réstias pendentes do teto; carnes salgadas e frescas farturas defumadas, em sua mansão da rua do Príncipe. — Cadê minhas calças, moleca safada?

Era o sargento-mor do distrito Diamantino da Comarca do Serro Frio das minas gerais, del-rei dom José, o das monitórias, por nome corrido Manoel Frederico dos Santos Rangel.

— Aonde tu estás, homessa? Aonde estás tu, porqueira de negra? — Coisa de sessenta anos, meio puxado pra pitosga de um olho, comprido por magro, intonso o cabelo descendo ralinho que nem repolego pro meio da testa. — Demônio de escrava! Cabeça de pau! Capeta do cão! — Sargento era cambo que nem pato bebo no feio pisar. De dentes, mui falho, a cara enrugada igual folha seca, orelhas de abano, nariz de varandas.

"Xica negra! Traste ruim!"

2

Se o Livro do Tombo da Contratadoria da Vila do Príncipe é vero nos dizeres, o dia era 10, o mês, de setembro e o ano da graça de Nosso Senhor, o de 1758.

Avexou essa data, não mancando a verdade, a prepotência de um fato se dado na Demarcação, na forma de evento, conforme se dirá.

— Negra! Xica! Vagabunda... — Sargento viúvo de muito recém que a gorda mulher, senhora don'Ana, pinxando barriga de parto entortado rompeu nas fressuras. — Xica! Xi... ca!

3

Foi bem assim nesse escarcéu largado de berros que o homem sem calças foi dar no salão maior do que o mundo, em fundas desordens. Isso, depois de varar que nem capivara por todo o alpendre estreito e comprido, amparando velhice nos balaústres de puro vinhático das florestas de Mato-Dentro, cortado no sem-lua por via de não dar bicho.

4

Então, o sargento mais gritou desesperos:

— Diabo de negra! Chega que eu te casco... te lanho essa bunda, filha de um padre!

Estourando estapafúrdios, ainda na porta do salão, topou visitas. Abaixou-se depressa, já virado em outro homem. Mudando de voz pro perdão humilhado, vagadeou sem sustância:

— O... ora... ora por quem são! Ora o senhor intendente... a minha comadre, a senhora dona Hortênsia! Quem diria? Homessa! Ora vejam... e eu... É que não esperava por... por...

Costeletas-suíças, ruças do sangue luso, a escorrer duros pelos emaranhados barba abaixo, lá estava o intendente, durinho nas roupas, chapéu de três bicos montando descansos nas pernas cruzadas. Ele, o intendente, e Sua Excelência Francisco José Pinto de Mendonça, mais a mulher, a supradita senhora dona Hortênsia (dos Fonte Garcia), bonita, travessa, caminho dos trinta, picada de sardas, sem teres e haveres nem muitos pesares, chegada a pôr chifres até no capeta (lourinha ademais), de fato, lá estavam.

Os dois muito juntos, em juntas cadeiras-palhinha anêmicas, linfáticas; os dois muito juntos, o senhor intendente suando autoridade por todos os poros, com cara de rei e muita compostura, cresceu nos espantos, falando com as mãos, ubiquando o sem-limites de "Vejam só isso! Assim, nunca vi! Parece mentira..."

Muito no sem jeito, assoprando por cima do esconso, o sargento gemia não mais gritos soltos:

— E eu... ora dá-se! Eu peço desculpas ao meu compadre. É que, nesta casa, sozinho... desde que a outra se foi, homessa! Deus lhe fale à alma... e essa moleca a esconder-me a roupa... a escafeder-se... a jogar-me perfídias! — Mas, ante a carantonha tremenda que o superior lhe fechava, chinfrinou, querendo fazer graça. — Só esta me faria rir! Tem piada, não? Não tem? — E ria agachado, tapando as vergonhas, cretino, cretino... — Homessa! Perdão... Perdoem-me por quem são!

5

Só que o intendente, o "Mucó" do apelido-vingança de um povo comido nas taxas, impostos, estancos e quantos-e-quintos, passando miséria por cima do outro e das pedrarias do chão-sem-mais-dono, das pedras achadas nos tufos de plantas (barriga vazia), nos adros das igrejas (as crianças sem roupas), no papo dos frangos da mesa-fartura dos homens de dentro (panela rapada), e até no arruado, depois das enxurradas (fogão apagado), de um povo coitado, morador na Demarcação, possesso da força de grave injustiça, papando cadeia por dá-cá-aquela-palha! e, de sobremesa, despejos, devassas e o mais, sem provas nem nada, só por suspeição das autoridades, incluso sumiços sem termo... Só que o intendente, cagão e opressor, o mais elevado poder civil da terra lendária das minas diamantinas, quase um rei em pessoa (afora na paga mesquinha da corte), achou muito próprio largar suas decências de gorda hierarquia:

— Senhor sargento-mor, componha-se! Repare que está recebendo em sua casa nada menos do que o intendente da vila, ora sebo! e além do mais, em ceroulas diante de minha mui respeitável senhora, sua comadre. — Frisando mais força de mando e poder já ia perorar em vasta objurgatória, quando teve sua oração (ainda que forte nos graves pausados) totalmente encoberta por um "Oh!" delicioso, embrulhado em pícaros gestos-olhares-momices da mulher divertida.

Largada em mais risos, Hortênsia-Maravilha falou afogando as palavras em caldas de humor:

— Senhor sargento-mor... ufa! Deixa que eu lhe diga, meu compadre: assim, de comendas e sem as calças, nunca o vi tão marcial! Arre! Ora, por favor, senhor sargento, faça-me ali uma continência ao senhor meu marido. Sim, faça que é bonitinho!

6

Cada vez com menos canto onde esconder as mãos, tropeçando desconformes com palavras-de-maldizer em jacás e balaios espalhados pelo chão coisado em sujidades, o sargento-mor, coitado que nem o povo, refugiou seu desamparo, assim corrido e varrido, nas seguranças da camarinha dos fundos, a alcovinha de tão transpiradas noites de acalanto e loucuras, aos idos tempos da falecida Aninha — a ingênua concessora das referidas loucuras —, de corpo gordinho e limpinho que, por via disso, na intimidade, atendia por "meu pompom cheiroso".

Protegido pela fuga, o sargento inchou o peito e tornou a berrar impropérios contra a escrava pelas calças desaparecidas...

7

Acontecia que, alizinho, bem justamente no porão da casa, Xica, bata e saia não guardando dezessete anos de idade e sacanagens diversificadas, bastante demonstradas nos seus já dois mulatinhos tidos e havidos do padre que, agora, por imprestabilidade para seus carinhos inconclusos, de íncubo, a vendera (barato até) ao sargento viúvo pra dar-lhe cor à casa solteira de fêmea, ergueu-se num ímpeto quente bem da raça africana, como se desmanchasse, no chão, um bolo de muçuns.

Sacudindo a bata e abaixando a saia, largou zanga grossa, fingida nos dengos:

— Merda também! — O muxoxo descasado da zanga foi tão gracioso que Zezé, precisamente o filho caçula do sargento-mor, o que desde cedo andava de embolo com Xica no porão escuro, puxou-lhe uma perna que mordeu sofregamente, com força perversa, para que a ladina se deitasse de novo pra renovadas funcinhas, aparte da ira barulhenta do pai.

— Deixa o velho gritar, Xiquinha. Deita mais... só um tiquinho de nada — pediu dono-humilde. — Depois, você vai! Mas, antes, meu bem, faz aquilo de novo... faz outra vez... faz... por favor! — Na terra amassada do porão, a mão do menino buscava, sem arte, renovadas inexperiências nas carnes da negra de rijas lombas...

Buscava e se ria. Se ria nervoso. Se ria e mordia aqui e ali ou onde calhasse que Xica era doce e tinha sabor na pele aflorada. E Xica gostava de ser bem mordida, por isso passava no corpo umburana...

Passava e fazia o que o moço pedia e o moço imbricava prazer com aflição em reza maluca.

Mas era tão bom!...

8

Deveras mesmo, afora as amolenças costumeiras de menino sozinho debaixo dos lençóis, foi Xica a iniciadora primeira que, afinal, como direi? Mas isso já tinha tempo. Por último, Xica tinha era inventado aquilo que Zezé pedia, fazia e se acabava depois.

9

— Tá na hora, pesta! — lá de cima descia sem paradeiro o esporro do velho. E não tinha mais fim. Descia, figurando a carreira nas palavras. — O homem já está na rua, negra ordinária. Tu não escuta sino badalando? Espera que eu te curo na palmatória de cabelo, assanhada!

10

Voltando ao fato importante em forma de evento anunciado festivamente no sino do Amparo, naquele dia separado no calendário da colônia, era exatamente a chegada na vila de João Fernandes de Oliveira, o quinto contratador dos diamantes enviado pelo marquês de Pombal, de fresco desembarcado da Europa, pra dar duros regulamentos à extração e envio de pedras que, a cada passo, mais e mais minguavam na quantidade e no peso, diluídas — e bem diluídas — nas sabedoras mãos de descordados garimpeiros e contrabandistas mui habilidosos em tretas, ardis e enganações por geral.

E vejam, pelo amor de Deus, que castigos pra crimes tais não era brincadeira: forca, degredo perpétuo, calabouço pra toda uma vida... senão, pés e mãos torados no fio da foice, no mistério das masmorras, no fundo dos cemitérios ou nas grupiaras mesmo, junto aos lava-pés alegrinhos onde os pedestres del-rei, gozando safadeza, ou os perversos volantes da força pública da comarca, inclusos os capitães-de-milícia, apanhassem os aventureiros na labuta clandestina de colher os brilhantes que a natureza semeara sem ordem e sem dono, e que a ganância do reino, velhaca toda vida, resolvera abichar descarada, à custa de grossa violência.

O diabo é que a evasão dos diamantes praticada sistematicamente pelos contrabandistas e garimpeiros — cavaleiros andantes no remoto da época —, cuja coragem atingia o impossível de contar, estava deixando a Inglaterra, sempre cabreira e sempre mascarada de Portugal, a ver navios...

E o marquês de Pombal, embora muito vivo, fazia era se danar até o saco.

11

Na verdade, o garimpeiro, assim chamado, era um homem — e algumas vezes, uma mulher — que estava muito longe de ser tomado por malfeitor vulgar ou simples assaltante de estradas: se, praticando uma mineração escondida na certeza de que aquilo era um direito seu, injustamente usurpado pelos colonizadores, vivia, por evidência, em rudes penhas, fendas de rocha ou cavernas profundas, distante de tudo o que lhe motivava a existência, o fazia geralmente por ter sido, antes, espoliado, ele e a família inteira, por tremendos confiscos, agravados, no costume, por atos infamantes de prisão e tortura "por simples denúncias de ouvir dizer popular, sem que seja necessário provar suspeição por meios judiciais", conforme diziam os vários bandos e pregos no Conselho Ultramarino.

Para o intendente, para o sargento-mor e até mesmo para o pároco do Carmo, os mais elevados poderes da terra, se não considerarmos o maior de todos — o poder econômico que era o próprio contratador dos diamantes, com sua fabulosa riqueza — é que a medida era mui cômoda e justa... Mas quem sofria tudo na pele, mais ainda do que os pobres comerciantes que caíam em desgraça por artes daqueles sacripantas e peralvilhos, era o contrabandista garimpeiro, que, mesmo assim — e embora soubesse muito bem o que o esperava quando caçado pelos esbirros do Poder, ainda que jamais se metesse em saques a viajantes, roubos, desonestidades ou atos revoltantes ou escabrosos —, tinha por norma e por ética não trair nunca um companheiro, não delatar cúmplices nem confessar, em nenhuma hipótese, o nome daqueles que poderia comprometer.

O resultado é que a história não guardou um único exemplo de algum daqueles contraventores que tivesse escapado com vida, ainda que mutilado, das unhas dos canalhas do Conselho Ultramarino...

12

Por tudo isso, as ordens de Portugal com relação a este quinto contratador eram pra valer e o acocho, de capar urubu voando!

Para dar cumprimento sem derivativo a tanta safadeza, o homem que vinha ser dono de tudo ali estava chegando com armas e bagagens. E, pra espremer o povo mais do que rato em guampa, vinha ele, João Fernandes de Oliveira; mais Cabeça, seu escravo-sombra-amigo pro que desse e viesse; mais toda aquela ruma crescia de diferidas cargas trolhas e tralhas que João Fernandes, pelo visto, vinha de vez.

13

Levantando-se de novo, agora largando Zezé derruído nos revolvidos do chão, o trem pequenino, murchinho, vazio, sem força nem mais prum "a... ai... foi tão bom!...", Xica pulou fora.

Num átimo à toa, a bata descida por sobre os peitos marrados, mordidos em roxos profundos; embora, na saia, os ciscos da terra das mil voltas dadas na vadiação, a Xica, levinha, coçando pisadas, estava na sala com as calças do amo dobradas na mão:

— Pra que tanta lambança, meu velho gostoso? Tu não te acanha de tanto gritar? E tu não vai dar um cheiro bonito em sua mulata? Taí tuas calças, pra que tanto esparrame? Apois, meu benzinho, meu velho, me diga... — empurrando descaradamente na voz e no jeito, secando entrepernas na barra da saia, já ia largar amostrança curtida de muita intenção pra que o amo logo lhe redondasse um dos peitos na concha da mão, apagando ameaças, como era costume. E ia falar mais coisas de acalmar macho doido quando, na sala, em lugar de seu amo (que estava aferventando suas raivas na camarinha dos fundos), Xica deparou com as caras bigundas do intendente e de dona Hortênsia.

14

Minutos depois, já calmado e vestido, com Xica lhe dando os derradeiros toques no fardamento encasacado, o sargento apressou suas visitas numa gentileza engasgada:

— Vamos, por favor, senhor intendente! Olha o compadre que já estão se fazendo horas... Dona Hortênsia, por favor... — e o sargento se desmanchava em mais mesuras. — Por obséquio, minha cara comadre! — e curvava-se... e mostrava a porta da rua... — Devemos aguardar o contratador na praça, pois não? Com o pároco... o barão e o ouvidor-geral... Sim... homessa! com os nossos, de cá! Não é essa a praxe? — e falavandava nervosos incontidos. — Pelo bater do sino, o homem já deve andar por perto... talvez já na ponta do calçadão. Será, quando muito, meia hora mais e cá teremos o melro... — Com Xica a abotoar-lhe um último botão do colete de madapolão riscadinho, o sargento apurava-se mais.

15

Aconteceu que o intendente (ainda nos ouvidos os pícaros ditos da mulata-sestro-sexo), vendo Xica, as pernas da Xica, a bata da Xica frouxa demais nos devantes redondos, novinhos, fecundos, machucados nos bicos escuros da raça, cresceu de repente na bodialidade e decidiu mandar às favas circunstâncias e compromissos oficiais. Xica ressumando presenças, o velho deu de perguntar isso mais aquilo sobre a peça ainda desconhecida dele, pouco freqüentador da mansão do compadre.

Ignorando, inclusive, horários e chegadas de autoridade (Xica era de matar um homem!) ou demoras impróprias (Xica valia a pena...), o intendente achou de insistir (Olaré, se valia!) os olhos faiscando deslumbramento:

— Desde quando esta moleca está em vossa casa, meu compadre? Que idade tem ela? Como se chama? Foi comprada quando? A quem? Onde? Como? — e falava entremezes, voz tremendo lubricidade. Só parou um instante para reavaliar Xica por todos os ângulos, em grossos respirares. Logo, frigindo mais indagações ao calhar da língua já perra em secas fantasias, os olhos velhacos não se enfaravam de percorrer o corpo da mulata, aparafusando-se-lhe nas frestas e nos esconsos menos arejados. Jogando adivinhação aflita no que positivamente não conseguia ver (a vaca da Hortênsia que se danasse!), o Mucó, do apelido-vingança do povo, não atinava perceber que Xica, filha-da-puta mais traiçoeira do que leite posto a ferver em fogo alto, realçava o macio enxuto de suas curvas em sortidos gingos de inocentes cores.

Zanzava tão mansa que até tinha cheiro em seu rebolado. Bem assim, largando imaginação de descaramento em caprichos dos mais transbordados propósitos, ia, sem quês nem pra quês, até a varanda de pau-vinhático ou até a porta de dentro (em cima, a bandeira de uso na época, coberta de pó nos vidros franceses, azuis vermelverdes) só mostrando mil dengos (só mil?!) atrevidos.

16

A um beliscão disfarçado de Zezé, que, gozando fartura nos incontidos do intendente-padrinho, acabava de entrar para, do muxaribiê da sala, ver chegar o falado contratador, Xica floresceu nos sadios de uma gargalhada:

— Vá! larga minha bunda, menino! Assussega, Zezé! — no meio do riso, falou só pra ele.

Mucó (Xica ardendo nos olhos) é que não se agüentou mais: sem perceber nem o beliscão do afilhado nem a mão do compadre que, a cada passagem de Xica a seu alcance, descia saudosas perfídias brejeiras na cintura bonita, devorou o riso da boca de Xica com os olhos ainda mais redondos de pura maravilha:

— E que dentes, compadre! Que dentes tem essa negrinha, valha-nos Deus! Hão de me dizer se existem mais perfeitos em toda a colônia ou mesmo no reino? — Segurando-se na hierarquia, fez com que o subordinado retrocedesse, puxando-o pela manga da farda enfeitada. — Que dentes! Um delírio, meu amigo! — Em seguida, como que resolvido a tomar fortes decisões (e na voz havia de um tudo...), pediu mandando: — Posso examiná-los, sargento? Dê-me vosmecê sua licença?

Contente, tornando a se assentar numa das cadeiras-palhinha anêmicas do salão, ordenou com gestos ávidos que Xica se ajoelhasse entre suas pernas roliças.

Divertida, sem esperar mais nada, Xica obedeceu correndo. Atirou-se entre os joelhos do intendente que tremiam pela delícia da expectativa e abriu bem a boca bonita uma graça com um olho no amo que se inquietaciumava e outro em Zezé, já bem refeito dos duros desgastes de há pouco, no porão. Ao mesmo tempo, Xica deu de se rir do jeito de dona Hortênsia olhar pro marido a meter-lhe, apressado que nem galo trepando, os dedos no roxo das gengivas antes de alisar-lhe as bochechas, o queixo, a carapinha asseada, o pescoço fino, as espáduas não tanto, descendo sempre mais até a concha dos braços guardadas em úmidas penugens, brilhando de recente aposto de suco de limão bravo, e os peitos carnudos, cheirosos, rombudos em acolhedoras cordialidades.

— Ó senhor Francisco — Hortênsia, no fundo, também estava gozando o frenesi mui acelerado do marido em ação —, repare Vossa Mercê, senhor meu marido, que, mais pra baixo, já não há mais dentes a examinar, pois não?

— É verdade... sim... sim, que me distraí... — O intendente levantou disfarces, banindo a pretinha gaiata pra longe de seus joelhos. — Sim, que deixei-me ficar pensando no contratador a chegar... Afinal como será o tipo? O homem? É que há, sempre, um bocado de curiosidades... ora sebo! Terá jeito de meter o nariz até nas coisas que não lhe digam respeito? — e prosseguiu, severo, encapando toda a sua imensa bestialidade: — Sim, que estes plenipotenciários, como seus antecessores, inclusive a besta do pai que morreu doido, em Lisboa, por menos que sejam ou tenham sido se julgam, todos, muito maiores do que Sua Santidade...

— E o senhor Clemente XIII é traste tão importante assim? — interrompeu Zezé, estalando escândalo no estalar dos dedos.

— Cruzes, menino!, folgar é folgar, mas em termos. Havemos de dar excelência às coisas que o mereçam. — Hortênsia rebateu a heresia do rapaz com grande seriedade na voz. — Então tu não sabes que, aos papas, se lhe dão tamanhas prerrogativas que até usam por debaixo das santíssimas camas bispotes de ouro e esmeraldas ou safiras, que a mim pouco importa o tipo das pedras que usam!

— Ametistas, senhora dona Hortênsia. As ametistas, por serem roxas, para o que é, serão mais apropriadas... — Zezé corrigiu, cozinhando facécias.

17

Deixando, se rindo, na sala, unicamente Zezé e Xica, os três dirigiram circunspeções para o centro da praça defronte da casa onde, pelo protocolo meio fubecado da terra, os maiorais deveriam aguardar a figura de falsas imponências de João Fernandes de Oliveira.

Junto ao caixotinho forrado de papel de seda onde o homem devia se apear para receber as apresentações oficiais, cada autoridade tomou lugar no círculo aberto na folhagem do chão a ela destinado.

Mas já do lado de fora da porta, encaminhando-se para o seu círculo, o intendente Mucó pegou o braço do compadre e cochichou-lhe, as palavras ainda tremendo de cios incontidos:

— Quer Vosmecê vender-me a mulata?

— Que mulata? — o sargento fingiu forte desentendimento.

— A Xica... quem havia de ser? A Xica! Faça preço, homem! Nem será isso que vai travar nossa negociação, ora sebo! Eu falo porque é uma transação entre amigos... — O homem achou que necessitava urgentemente justificar a proposta. — Eu é porque quero dar à Hortênsia, em seu dia de anos, agora na quarta-feira, mais uma mucama de dentro. Essa moleca me parece a calhar... Limpa, educada...

— ...e muito fêmea também! — arrematou o sargento-mor, planejando que assim, com a ironia evidente de "olha lá, maroto, que já te percebo!", havia de desencorajar o superior para o negócio. Mas logo, com medo da prepotência injusta do compadre a querer tirar-lhe à força a sopa do prato, emendou sem muita esperança de conservar o seu pitéu: — Também é só isso! A negra não é tão moleca assim. Saiba Vossa Mercê, homessa!, que a Xica já pariu nada menos do que duas crias. Aliás, crias bem ranhetas... a incomodar... a emporcalhar-me a casa...

— Nem seja por isso, amigo Manuel Rangel. Crias, vendem-se, ora sebo! Desfaça-se delas! A mim, não me dariam cuidados. Daqui a pouco, estarão taludinhas... em ponto de começarem a labutar. Até pago mais alguma coisa pelas crias. Amanhã, será lucro!

O sargento especou-se numa defesa raivosa. "Olha o filho-da-puta!", pensou em escondidas revoltas:

— O real é que, meu caro intendente, a Xica não presta pra nada! Nem ladina é! Não viu o amigo o que, há pouco, fez com minhas calças? É pirracenta, é... cheia de tretas... de manhas... Cá pra nós, que provas não tenho, mas me parece que gosta lá o seu bocadinho de deitar a mão no que lhe fica à mão... Feio hábito, homessa! Não serei eu que a venda a quem prezo... e Vossa Mercê, meu compadre, sabe o quanto o prezo e admiro. Isto digo, é claro, por dever de lealdade, que não há outro motivo. Nem vá pensar que... homessa!

Embora diminuindo muito o timbre da fala, o sargento achou melhor não prosseguir. Sentiu que o terreno começava a estalar perigos. Se falasse mais...

18

Mordendo uma unha com seriedade e método, Hortênsia se limitava a seguir os homens já agora virados em graves autoridades. A loura mulher do Mucó esperava apenas uma oportunidade à feição para ressalvar sua condição de esposa do mandão mais importante da Demarcação Diamantina. Mais importante até mesmo do que o ouvidor da comarca, um trambolho estúpido que não diligenciava nem em considerar a espessura de seu cargo de Justiça em pessoa ou, sobretudo, maior do que o do contratador que, a consultar-se a lista colonial do Real Conselho Ultramarino, nada tinha a interferir na intendência-geral, embora ninguém reconhecesse isso. O descalabro da inversão dos mandos — Hortênsia despeitava-se — começara justamente pelos antigos contratadores que, julgando-se o Poder absoluto do arraial e da Demarcação inteira, por via da fortuna imensa que administravam e sem ninguém a lhes tomar contas ou fazer sombra, por estas e outras razões, tiveram bem triste fim.

Com a cabeça cheia de vontades incontidas, bem assim não tão secretas que não lhe transbordassem pelos olhos rasgados em líquidos verdes, a mulher pensava que, assim como, assim, desde que o marido era um trolha sem rotas e sem energias, tipo quase idêntico ao sacana do ouvidor, o José Pinto de Menezes Bacelar, que só sabia se pôr nas negras do ganho, suadas por cima, imundas por baixo, delas até com feridas difusas e ulcerações nas pernas gretadas, friáveis sorantes, o bom seria ver o contratador de perto — homem de quem se dizia ser ainda moço e guapo — trocar com ele olhares de poderá ser... conversarem a sós, quem sabe?, e quem sabe mesmo partirem os dois para úmidos e escaldantes rumos menos clareados, principalmente quando se espalhava que João Fernandes, puxando o pai peraltíssimo em jogos de amor, trazia micantes mandos e profundos cios nos guardados de prolongado celibato (já que se anunciara com a maior amplitude que a mulher, dona Mariana da Anunciação Amaral Fernandes de Oliveira, para que se lhe diga logo o nome por inteiro, se deixara ficar em Caldas Novas da Rainha, a curtir suas erisipelas). É que naquela porcaria de terra — segundo os falares de dona Hortênsia — o que seria de uma mulher ainda com limpas inteiridades para as mais rudes jornadas, se não fossem os poucos, e cada dia mais raros, homens que a cavalgassem com a perícia que se requer para um lundu de laborioso deleitar, tirado por detrás de alguma desconfiante touceira de mato verde ou por entre as pontas ardidas daquelas rochas agressivas, que era o que mais havia por todo o vasto chão do Distrito Diamantino.

Isso, para a completa satisfação de gritantes exigências ou requintadas extravagâncias, porque, para as remansosas descansadas conjugações do trivial, o que não faltava, no arraial, e até mesmo em seus agrestes arredores, eram discretas e discretíssimas comadres mui peritas em esplêndidas roupas de cama.

19

Já os foguetes e rojões de muitos tiros papocavam orgasmos de sabujismo coletivo no ar lavado da manhã clarinha e...

— O homem tá chegando! Viva ele! Olha lá! — e os "Vivas!!!" da praxe já eram ensaiados em desperdiçados ganidos.

Uma beleza a Praça da Sé toda enfeitada de flores, colchas coloridas, mantéis dos mais caros, brocados finíssimos e panos-da-costa a pender das sacadas e janelões centrais dos grandes sobrados. Nas calçadas, eram só holandas debruadas, banquetas forradas, folhagem... prataria com quitandas de farinha... limonadas... refrescos de romã...

Na rua, povo aglomerado se acotovelava guardado por pedestres da Intendência, cada qual mais doido para ser notado pelo chefe Mucó, pela mulher do chefe Mucó, pelos importantes da terra que dependiam do chefe Mucó...

As autoridades permaneciam firmes ao sol já forte queimando da serra, nos justos pontos a elas determinados: os círculos abertos no claro varrido entre a folhagem verde que atapetava todo o chão, desde a entrada da vila. Naquele ponto, daí a instantes, o contratador deveria apear-se, dando por finda a estuporante caminhada de mais de um mês montado a cavalo.

— Vejam que já é uma viagem... O coitado há de vir mofento! — Entornando óbvios ao redor, Hortênsia enchia um pouco o nervosismo da espera. Mas, sem conter sua queda para o sarcástico, acrescentou, correndo ao ouvido do vizinho mais próximo:

"Já imaginou o senhor barão como aquilo há de vir assado? Ali, no lugar onde se monta, pois não? E como deve recender a cavalos... Sim, que montar um mês corrido, assa!"

— Frita! — o barão corrigiu com muita responsabilidade, debruçando-se sobre o decotado soberbo da mulher. — Frita, senhora dona Hortênsia.

E os dois permaneceram perfilados à espera do homem prestes a chegar.

20

Com a barafunda, Xica correu à janela pra olhar aquilo tudo através das tabuinhas entrelaçadas do muxaribiê:

— Contratador é isso? — cutucou Zezé nos baixos. Mas fez a pergunta naturalmente como se não estivesse percebendo a galinhagem do menino, já colado às suas costas, já a levantar-lhe, descarado, a saia de cadarço. Era como se estivesse sozinha e a pergunta fosse feita pra ela mesma.

Xica estava gostando de ver o movimento festivo lá fora. De repente, lembrou-se:

— Viu a mulher do porqueira do Mucó? Viu como aquela saca de trampa, branca que nem bicho de goiaba, estava assanhada? Velhaca, uai! — O olhar jogado na rua, Xica prosseguiu rindofalando: — Dona Hortênsia só queria saber se o contratador era branco, moço, tinha sustança... Puxa! Assim, nunca vi! E bem na venta do corno, Zezé! Será que já não abasta pra ela o mundo de bode da cidade? Falar no chifrudo, Zezé, tu não viu como o desgraçado me apalpou todinha no meu corpo mode ver meu dente? Onde já se viu dentes nos peitos da gente? Até na curva da bunda o infeliz me passou a mão... eu, doida de vontade de sapecar uma dentada de lascar quando ele me meteu aqueles dedos cheios de rapé na minha boca...

Súbito, Xica suspendeu a risada, empurrando Zezé com força:

— Vá! Uai! Desencosta de mim. Chega! Deix'eu ver o homem que tá chegando... Não sacaneia!

21

De fato, um burburinho começava a se espraiar desde o canto de baixo. Era o contratador que subia o Burgalhau — a primitiva picada dos desbravadores e faiscadores de ouro ao tempo dos bandeirantes — e vinha em direitura à praça nobre.

22

— Que qui é um contratador? — Impressionada com a festa, Xica repetiu a pergunta, já agora com vero interesse na resposta esclarecedora.

— Tu quer saber mesmo que diabo é um contratador de diamantes? — Afastando-se um pouco das costas de Xica, Zezé assumiu um ar sério de conspirador contra a coroa para explicar que, assim, sozinhos os dois, podia dizer à vontade o que pensava de tudo aquilo. — Ouça lá, Xiquinha: contratador dos diamantes é um cargo dado pelo reino a um ladrão descarado e sem escrúpulos. É um tipo nomeado pelo rei, mas de ordem do cachorro do Pombal, para levar da gente o que só é da gente e da terra da gente.

Xica ficou espiando o jeito de Zezé falar. Na rua a barafunda crescia. O menino do sargento-mor continuou sua aula à mulata:

— Até que este aí é bem moço pra vir exercer tão má função: dominar uma terra que nasceu pra ser livre... Não conhece o canto dos índios da serra de Paraúna? Não vê os puris daqui de perto? Dominar um povo inteiro com sua riqueza, seus ideais... Só mesmo a muita força, Xica. Aprenda, Xiquinha, que só a força é lei sem exceções. Essa força que te fez nascer cativa e que cativa toda uma nação de homens livres... Força do ouro produzido pela terra que o próprio ouro, em mãos gatunas, que nem a desses portugueses, vai esmagar!

O rapaz terminou satisfeito com sua falação puxada ao rebarbativo. Xica é que desconfiou que, na resposta arrastada do Zezé, havia muita revolta mas grande perigo também. É que qualquer moleque das minas, naquele tempo, sabia por miúdo o que era uma devassa, um despejo e o mais, além das conseqüências que essas coisas podiam trazer a um pacato cidadão, desde que um inimigo fortuito ou uma questão eventual jogasse-lhe o nome honrado na concha da orelha, ainda que da menor autoridade da Demarcação. Por isso Xica calou os lábios de Zezé com um dedo:

— Olha, menino, que, aqui no arraial, até as paredes têm ouvidos... Não é assim que se diz, uai? Tu pode falar muito bonito, mas o melhor é ir calando essa boca!

Com o sangue que as idades põem na guelra da mocidade, Zezé inflamava-se com suas próprias palavras a se espraiarem em idéias. Pouco se importou com o aviso da mulata:

— Não é à toa, Xiquinha, meu bem, que, assim que eu puder, me largo daqui e irei me juntar a uns amigos de Vila Rica. Lá, sim! Olha, Xica, alguma coisa me canta cá dentro do peito que ainda hei de morrer numa terra livre desses filhos-da-puta mozambos que nem o merda do João Fernandes e outros marotos que... enfim! Ai! peste... — Zezé não conseguiu atear mais fogo à fogueira de sua confabulaçãozinha particular porque Xica, prevendo loucuras, achou de extinguir materialmente planos e idéias revolucionárias. Abaixou-se e, mesmo de costas, enfiou uma das mãos por entre as pernas do rapaz e...

— Cala essa boca, bobo! Olha a festa! Vá... assussega, uai! Quer que eu lhe faça doutra, quer? Que nem lá no porão? Então tira o juízo dessas bobajadas. — Depois de uma pausa em que considerou passados: — E o sapato branco que você me prometeu? Todo mundo me promete um sapato branco... Teu pai também! É mesmo triste essa vida de cativa, ora porra!

23

Com o recrudescer dos foguetes e com a entrada da banda de música em profusos dobrados de muitos metais, a conversa dos dois não teve mais seguimento. Era evidente que João Fernandes chegava a seu difícil destino: o caixotinho forrado de papel colorido!

Com efeito: na frente de um comboio composto por um sem-número de bestas que estacionaram a alguma distância, João Fernandes seguiu até o meio da praça seguido, apenas, por Cabeça, seu escravo gigantesco, fiel sombra de todas as horas. Ali, saudado efusivamente pelos que o esperavam já impacientes, apeou-se mas, contrastando violentamente com sua imponência altiva de quase rei, apeou-se, não de um soberbo animal, o belo cavalo branco que, a mando da Intendência, o fora aguardar em Ressaquinha de Fora, légua e meia do arraial, a substituir em brios de raça ao que certamente viria extenuado pela derradeira etapa da longa e estafante viagem (que o rabinho é o que mais custa a esfolar...), mas desceu de um grotesco burro ruço, indiferente à festa, ao barulho, à gente, aos rojões, à música... Apenas, como soberbo ato de sua presença, assim que se viu liberado da carga do cavaleiro de tão nobres teres e portes, o animal, satisfeito pelo alívio, sem que Cabeça pudesse intervir tomando qualquer providência repressiva, agachou-se nos quartos traseiros, abriu bem as pernas cansadas e deitou farta mijada espumejante cujos respingos nas pedras do chão atingiram indistintamente todas as ilustres calças e todas as ricas barras de saia que o rodeavam.

— Homessa!

— Ora sebo!

Nesse exato momento, dona Hortênsia tomava, sem cerimônia alguma, grandes rosas vermelhas à senhora baronesa para oferecê-las ao recém-chegado.

Despojada de suas flores, a outra contentou-se em admirar também a figura desempenada de João Fernandes, prematuros cabelos brancos, realmente marcial e bela.

— Muito boas-vindas para Vossa Excelência, senhor contratador — Hortênsia abriu discurso. — Sou a esposa do intendente Francisco José Pinto de Mendonça de quem Vossa Excelência já teria ouvido falar até na corte... até em Lisboa! Sou uma criada de Vossa Excelência... Queira aceitar este modesto ramo de rosas que foram colhidas agora mesmo pelas minhas próprias mãos, como uma singela homenagem do meu marido e do povo deste arraialzinho indigno da...

Enquanto o intendente, afastando-se discretamente da mijada do burro com um sorriso de tolerância e uma pesada praga interior, iniciava as apresentações do protocolo, além dos nobres que ali estavam, o ouvidor da comarca (o que, por uso diário, se punha nas pretas do ganho), o pesador dos ouros e sua mulher, dona Leonor Franco Azurém dos Aguiar, comerciantes e ricos mineradores, João Fernandes explicou, sem demasiados pormenores, que seu belo cavalo fora simplesmente roubado.

Nada mais!

— Os assaltantes, que eram muitos e estavam armados até os dentes, não me deixaram nenhuma saída. O chefe deles, porém, ao saber quem era eu, por informação de uns músicos que lá estavam também, disse palavras de mistério... Deixem-me ver!... — João Fernandes contava o ocorrido sem qualquer emoção. — Ah! sim... disse-me que, em breve, havíamos de ser bons inimigos. Pediu-me desculpas por exigir-me a montaria porque, ao que parece, levava pressa para cuidar de um vago ferimento em um companheiro... Foi até delicado. Imaginem: proibiu que seus homens sequer tocassem em minhas costas. Por fim, pasmem, senhores!, prometeu devolver-me o animal amanhã ou depois e ofereceu-me esta saquinha de pedras. Como vêem, são gemas realmente muito belas! Seus companheiros chamavam-no, não de chefe ou patrão, mas simplesmente pelo nome: Teodoro.

— Teodoro!?

— Ele!?

— O garimpeiro? O contrabandista? Que audácia! Só a forca!

— A pior peste da terra, creia-me Vossa Excelência! Um tremendo salteador!

— Teodoro em pessoa? Tem Vossa Excelência certeza? Não teria sido...

E todos, ao mesmo tempo, trocando a surpresa das pedras exibidas de mão em mão pelo eco do nome terrível, sobretudo para a nobreza e para as autoridades, atropelavam palavras e exclamações com assombros e espantos fingidos para serem mais agradáveis e serviçais ao contratador.

Por fim, vencendo tão forte prélio de rivais tão semelhantes, João Fernandes conseguiu saber que Teodoro era o maior e mais perito desviador dos diamantes reais e, pelo que lhe quase berraram na ânsia de contar primeiro, deduziu mais que Teodoro era um mito, uma fábula, um símbolo justo e destemido de cavaleiro andante como os da Idade Média.

— Ufa! — irritou-se João Fernandes —, um dia hei de querer um contato maior com semelhante criatura! Havemos de ver se, também ele, como todos os ídolos, não tem seus pés de barro... — Então, a se rir, lembrou-se, sem quês nem pra quês, das palavras sisudas do pai, o primeiro contratador da colônia, trinta anos antes: "Veja bem, meu filho, que o homem é o único animal que persegue o seu semelhante... que serve a outro homem, quer como escravo, quer como criado, quer como sabujo..." Teodoro teria as suas razões!

24

— Veja só, Xiquinha meu bem, como o povo adora quem o esfola vivo! Esse papa-tudo veio de Portugal só para levar o que é só do povo e os idiotas não se cansam de bater-lhes as palmas, tocar música, soltar foguetões... — Zezé, cabeça ainda cheia de sonhadas rebeliões contra o domínio português, não obstante o aperto que Xica lhe dera no saco, falou mais e, já esquecido de todo da molecagem de Xica, colou de novo todo o seu sensualismo nas cômodas ancas da mulata. — Você tá vendo, Xica? Um indivíduo que, logo, será o mais rico e poderoso da colônia, talvez do reino...

— Mas ele é diferente, uai! — Muito de súbito, os olhos

de Xica fixaram João Fernandes sem ver que o povo o abafava em cumprimentos que não acabavam mais. — Ele é formoso, Zezé! Ele é diferente do mundo! Até parece um príncipe, uai!

Xica parou no ar, olhando através da janela, como se tivesse virado uma estátua de santa daquelas da igreja.

Desvencilhando-se do rapaz como se tivesse tomado uma decisão urgentíssima e irrevogável, correu, apanhou, de passagem, o maior botão de rosa no vaso que ornava a mesa do canto da sala, e se despencou para a rua, ventura voando com ela, deixando a porta aberta atrás de si...

Zezé, espantado do gesto imprevisto da escrava do pai, olhou a praça a ver o que a mulata ia fazer. Apalpando com a mão nervosa o último vestilíbido deixado em seu calção pelas quentes formas de Xica, viu-a, pasmado, aproximar-se de João Fernandes abrindo caminho entre toda aquela gente elegante, autoridades (dona Hortênsia vibrando), povo, nobreza, volantes e pedestres da Câmara e da Intendência.

Xica era impossível!, inacreditou o rapaz. Xica levava a maior desenvoltura. Zezé não cabia mais em si de tanto assombro junto mas, quando viu Xica alevantada bem ao pé do homem, tanto de lhe sentir o cheiro limpo da água florida das frâncias de seu lencinho de cambraia holandesa, Zezé esfriou já comendo uma certeza danada de amarga. Nem viu mais quando Xica olhou de frente, dentro dos olhos do contratador, se riu, ajoelhou-se levinha, empurrando o braço da baronesa que franziu reação ("Ora, vá pros quintos, velha porca!", Xica recomendou) e apertou nas mãos do recém-chegado (fascinado pela saúde limpinha de tão belos dentes, que nem o intendente, que nem todo o povo...) o botão de rosa.

Sem pressa de se erguer, cuspindo audácias pras bandas

da revoltada baronesa, beijou com força os dedos de unhas brunhidas, cheios de anéis, deitando tanto do deleite naquele beijo que chegou a esquentar doideira nos meios lá dela.

Só então Xica pareceu ter dado fé do povo. Saltou ligeira e disparou para casa por entre a baronesa enjoada e o pároco que, de tudo aquilo, só percebeu mesmo a baronesa muriosa a lhe dizer:

— Veja, senhor pároco! Já viu Vossa Reverendíssima uma negra tão descarada? Tem cabimento?

— Quem anda desgarrada do casamento? — concordou o padre. — Exatamente... exatamente...

25

— Tu tá maluca? Tá? Tu tá doida ou quê? — foi só o que Zezé atinou dizer quando Xica entrou, brilhando nos olhos todos os diamantes e ouros da terra.

— Sei não, Zezé... sei mais nada não... mas se o moço contratador é tanto assim grande e com o poder maior, recebeu minha flor como pessoa de carne, esculpida e encarnada, olhou pra mim... uai! e... sei não! Pode até ser que eu me engane mas... você, Zezé, ele ainda... nem que seja um diazinho só, há de me olhar de novo, falar comigo que nem gente fala... gostar de mim... — E, dando uma risada enquanto volteava o corpo suado da emoção e da carreira, perguntou confirmações: — Né, Zezé? Quem sabe ele é que, um dia, vai me dar o meu sapato branco?...

— Vagabunda! Negra assanhada! Vou contar isso pro meu pai, tu vai ver!

— Ele já viu, bobo! Mas se você quiser, eu posso te arranjar uma cadeirinha pra você ir mais ligeiro...

26

Zezé ficou olhando o jeito de Xica: a escrava, livre como um pássaro daqueles que os dois gostavam de caçar na chácara do sargento para soltá-lo logo depois, gozando, de mãos dadas, o esborro delirante da ave reliberta; num de seus volteios pela sala, borbulhando mais risadas e muito primitivos acres da transpiração sadia, chegou de novo junto à janela para, através das tabuinhas trançadas, tornar a embeber os olhos, agora muito serenos, não obstante os sôfregos atrevimentos de há pouco, na figura de João Fernandes. Na praça, a cena burlesca ainda se prolongava em trêfegos rapapés e zumbaias sem fim. Mas passando por cima de tudo, agradou-lhe ver que o homem, em marcantes ressaltos, rodava o botão de rosa nas mãos tratadas como jamais Xica tinha visto iguais, nem mesmo nas brancas nojentas que nem a porcaria da mulher do Mucó. A escrava aproveitou a comparação brotada de uma raiva para ofender a raça que desprezava desde que começou a se entender por gente-bicho.

De repente, amparando tonteira em Zezé, Xica sobressaltou-se ao perceber que João Fernandes parecia meio atarantado na procura das mãozinhas escuras, palmas brancas, clareadas no sumo de limão, que lhe haviam apertado aquela flor, com a ternura de um beijo, entre seus dedos viajados.

Xica teve então a mais viva certeza nascida das cores mais claras da realidade, que o mozambo das ásperas críticas de

Zezé, naquele momento separado de alegria, não estava pensando em mais nada senão nela; que o contratador era um homem muito formoso com aqueles fios de cabelo branco de puro enfeite, e que, evidentemente, ainda a buscava entre aquela gente aborrecida que teimava em o cercar.

Durante algum tempo mais, Xica ficou esquecida da vida apreciando João Fernandes como se ele estivesse sozinho na praça, em marcantes relevos. Mas não demorou a estourar seu terrível temperamento, em relâmpagos atropelados:

— Tu é muito do besta, Zezé! — Xica avançou pro rapaz como se quisesse lhe bater. — Olha, tu não vai me falar mais nunca coisa ruim desse João Fernandes, tá me ouvindo? Tu é descarado e sem-vergonha! Nunca mais! Tu tem é medo que eu largue você pra lá, uai! Que não faça mais aquilo... Aquele homem é... sabe, menino? Ele... ele já é o meu dono, pronto, uai! Como será, não sei... Mas já é!

Ouvindo essas coisas, por essas palavras nascidas na hora do encantamento, toldando tristeza de um fim que chegou, Zezé, moço pobre de experiências, faz pouco liberto dos duros da vida na carne limpinha de Xica mulata, se viu, de repente, perdido no mundo tal qual como quando menino espantado fazia mil artes por baixo da colcha, no quarto sozinho.

Xica, uma fúria, atirando-se de mãos e pés contra Zezé, crescia em raivas soltas pelo que o rapaz lhe havia mentido sobre o contratador, na figura geral dos contratadores e outras autoridades de seu malquerer.

— Vai t'embora você também, rato branco nojento! Se tu quer me iludir, vá iludir sua avó... Quero mais saber de você não, Zezé. De hoje pra frente, eu só sei ser cativa daquele homão que t'ali! Só dele, ouviu? E pode ir contar tudo pro broxa do teu pai...

Então Zezé, de estalo, reliberto das mãos da Xica como

os pássaros da chácara, embora triste, sentindo o suor da mulata cheirando nas mãos pra nunca mais, deliberou ali mesmo dar forma de corpo à sua ainda confusa idéia de viajar pra Vila Rica, ao encontro dos companheiros de lá que faziam poesias contra o domínio canalha de um rei de merda: um Pombal sacana, injusto e mandão: um Conselho Ultramarino explorador, filho de uma puta!

Mas Zezé, reliberto, maduro no tempo, rasgado em descobertas, rompendo futuros, queria era substituir com a máxima urgência a poesia dos conjurados românticos pelo fogo vivo das armas pesadas...

O resto, que se danasse!

27

Passava das onze horas quando João Fernandes, bufando calores da serra e não se agüentando mais de tanta chateação, perguntou-afirmando ao difuso de em roda:

— Bem... por hoje, basta! Estou muito cansado, sabem Vossas Mercês? Afinal, uma estoupada dessas não apanho eu há muito tempo... Agora, só quero saber aonde fica meu asilo. Só me apetece um banho bem quente! — Sem mais conversa, despediu-se em secos de superior dos aduladores mais persistentes em prolongar cerimônias. Resolutamente, encaminhou-se para a sua futura residência, seguido apenas pelo fiel Cabeça, que só intervinha para romper resistências teimosas.

Não seria necessário muita perspicácia para que o contratador reconhecesse logo a Casa do Contrato, reservada para acolhê-lo. De fato, o sobradão da esquina do alto estava, mais do que qualquer outro, enfeitado de flores e fitas, além dos caros panos pendentes da fachada em berrantes tonalidades, e de mil e uma bandeirolas, também multicoloridas, de papel fino, em ingênuos arranjos. Sem mais sobras de paciência para aturar outras manifestações que, novamente, ameaçavam tolher-lhe os passos, João Fernandes perdeu a compostura de uma vez: saudou com um rápido "Adeus, homem!" o pároco do Carmo que, embasbacado, diligenciava agarrá-lo por um braço fugidio, a forçar uma consulta ("Oh, senhor contratador... diga-me cá! Veja que é só um minuto... uma palavra apenas..." — e, baixo, com receio de ser ouvido pelo homem, despejou despeitos: "Este, bispa-se! Ora, se... Ou tem a dança de São Guido ou chegaram-lhe pimenta ao rabo!"); em seguida, João Fernandes de Oliveira apertou um dedo no queixo muito branco de dona Hortênsia, com um desembaraço de bêbado ("Ora, senhor João Fernandes... ora, por Deus! É um prazer... sempre um prazer. Fico-lhe muito obrigada pela deferência... Eu e o senhor meu marido!"); depois, deu duas palmadinhas na barriga estufada do gordo barão ("Ah! Ah! Ah! Tem sua graça, tem! O senhor contratador leva piada, pois não"); outras duas na não tanto do ouvidor da comarca ("Disponha, senhor contratador. Um criado às ordens de Vossa Excelência...", e o homenzinho curvava-se quase a tocar o chão) e, como que coroando tanta saliência moleca que o divertia em penca, enquanto assim abria caminho à força crescente por entre mais povo espasmado, empurrou, com certa violência, a mulher do pesador dos ouros que teimava em lhe estorvar a passagem, acenando-lhe, de longe, com uma precatória de muitas laudas, em que lhe era requerido...

— Sim, minha senhora! Sim... guarde isso. Apresente seu papel, com meus cumprimentos e mais respeitos ao senhor bispo da comarca, se me faz o favor!

28

Posto em seguro abrigo, finalmente, João Fernandes puxou Cabeça pra baixo do solar e bateu a porta, com muito acinte, na cara dos que o acompanhavam, numa insistência de moscas.

Aos pedestres da Intendência que lhe prestavam guarda de honra, ordenou, zangado:

— Aqui, ninguém entra. Percebem? Ninguém! — e, para Cabeça —, que vão todos à puta que os pariu!...

29

Sem mais a presença de João Fernandes, a praça se esvaziou que nem bexiga arrebentada. Nem meia hora depois, no deserto das grandes pedras de ganga aqui e ali descobertas da folhagem festiva, já ressecada pelo sol forte, só uma aguinha de algum despejo indiscreto minhocava pelas capistranas desconjuntadas. Nem mais um vulto curioso ou retardatário, a se defender do calor, colava-se a algum portal ou se misturava com os insetos que esvoaçavam aleluias sobre as dejeções deixadas no chão pelos cargueiros da tropa rica.

Por cima, era sol que Deus dava!

30

Quando o sargento-mor entrou em casa, sozinho, já de volta da chinfrinada, suando e mancando apesar das duras botinas já virem desatadas, deparou Xica e o filho calados no meio da sala, olhando um para o outro. Ela, com João Fernandes na cabeça, caçando meios e modos de se aproximar do homem; ele, arquitetando esplendidamente sua futura ida a Vila Rica, em minúcias de liberdade e glória.

— Vamos... Vamos, minha gente! Vamos, Xica! Que coisas se comem nesta casa? Avia-te, rapariga... homessa! Tenho fome! — Ao sargento, pouco se lhe dava lucubrações alheias. Ou problemas.

Xica, para começar a dar corpo vivo ao desejo de seu amo, saiu correndo para a cozinha.

Zezé ficou olhando. Levantou-se, tomou a bênção ao pai e saiu, avisando que levava demora.

31

Hora depois, bem jantado, o sargento chamou por Xica:

— Xica... Xiquinha, minha filha... ufa! Vem cá! Faz, por caridade, umas massagens nas minhas pernas, antes da sesta... faz, que eu estou morrendo de cansaço... de ficar em pé tanto tempo por causa desse pulha de contratador. E sem comer... Homessa!

"Este tipo, ao que me parece será uma boa bisca! Ai, Xiquinha, meu brinco, ponha um manusdei de gervão e mastruço nos meus pés... O pote está na prateleira de baixo... Ai! Ai, filha, alivia-me, negrinha... Alivia-me que sou capaz até de lhe conceder alforria!"

Ao preparar a toalha para a fricção, Xica pediu atrevimentos:

— Do que eu gostava mesmo era de conhecer o contratador. Leva eu lá?

— Levar... tu? Onde? Tu não te enxerga, negra assanhada? — O sargento revoltou-se.

— Eu quero, uai! Vosmecê tá me ouvindo? Eu quero e vou! Eu quero senão...

— Fala baixo, diabo! — O velho estava com medo que Xica falasse, espalhando alguma inconveniência. Mas fingiu fortaleza: — Lá não é lugar para ti, moleca!

— Moleca ou não — Xica falava com a toalha aberta nas mãos —, eu quero e vosmecê vai me levar, tá bão? Vai, sim! E é amanhã! Se tu não me levar, tu vai ver, uai!

O sargento, mau de carinho, resolveu mudar de tática. Conhecia demais a peça que tinha em casa. Adoçou a voz:

— É... é isso mesmo... Eu faço tudo por você, sua ingrata! Tudo, homessa! Ai! Ai, negrinha do meu coração... Faz minha massagem, traidora!

— Faz tudo pra mim? Faz? Então, cadê meu sapato branco? Adonde está? Por causa de que tu não me dá ele?

Com uma infusão de folhas de láudano com malva em espírito-de-vinho, no lugar do emplastro pedido — que Xica conhecia mezinhas caseiras —, a mulata abaixou-se junto à banqueta onde o amo, entre gemidos, tinha estendido as pernas muito magras. Sem interromper a conversa, Xica começou o serviço, esfregando-lhe os pés com força e habilidade:

— E que qui tem eu com essa fala de traidora?

O pai de Zezé, satisfeito com a massagem começada, como porco coçado atrás da orelha, fechou os olhos de puro gozo. Vestido em sua larga camisola de algodãozinho, o chinó de laçarotes a descansar soleiras apanhadas na praça, numa cadeira ao lado o velho tremia o queixo muito liso a cada movimento chatinado das mãos da mulata, ao mesmo tempo em que um ronco de folgadas delícias perdia-se no ar abafado da camarinha.

Xica, esperta, caprichava, então, em apalpares crescentes. Demorava-se a subir dos pés; mais ainda a atingir os joelhos, ora um, ora outro; muito mais ainda para que as mãos habilidosas em sagacidades invadissem o meio das coxas magras, de carnes flácidas, alvas, tecidas de roxos capilares e grossas varizes que serpenteavam como grandes vermes vivos, presos sob panículos esgarçados, ao contato quente dos dedos de Xica que, por isso, abusava e se ria.

Mas como a mulata insistisse, prometendo descer a mão de novo, o sargento não teve outro remédio senão explicar suas suspeitas:

— Você... Xiquinha, querida, me engana. Homessa! Me engana com todo o arraial de baixo... com a vila inteira, todos sabem... Com o ouvidor... Vai ver, até com o José, meu filho... Ah! se tu fosses outra... se tu fosses outra...

Xica, com a mão direita, tomou de novo um pé ao amo enquanto que, com a esquerda, introduzia suavidades avançadas nos escuros do velho, por baixo da barra da camisola. Prosseguindo sempre com a manobra, fazendo-a render em pacientes demoras, falou:

— Menos com o ouvidor, uai! — E a mulata deu uma gargalhada de puro descaramento. — Com o bosta do ouvidor, não! Vê lá se eu sou dessas negras do ganho dos pés rachados!

Xica parou de falar para dar um tempinho de refresco ao velho. Depois, muito mansamente, recomeçou:

— Mas se eu fosse outra, tu me levava pra ver o contratador? Me levava? Então, pronto! Me leva que eu já sou outra, uai! Não tá vendo? — Com arte e safadeza, não deixando vão ao amo nem para abrir os olhos, a mulata agarrou firme e apertou-lhe com força o trem, já bem avisado pelo arretar da massagem.

O sargento, embora, deu um pulo, mas permaneceu sentado.

— Tu já tá assim? — A negra se surpreendeu com os achados. — Parece menino, uai! Te acanha!

— Não, Xica... assim, não! — O velho queria fugir às mãos de Xica.

— Deixa, bobo! Tem ninguém em casa, não!

— Não, Xiquinha, não! Olha que jantei muito... Posso até ter um ar de estupor... posso... olha a minha idade! Hum! Ai! Ai! Ui! Isso, não...

— Vá, meu amo! Froxa não! Abre sim... só um tiquinho... abre pra sua mulata! Morde! Morde aqui! Morde com força, uai! Vá!

— Pelo amor de Deus, Xica... Aí... assim, não!

— Aí sim. Bem aí! Tu não queria, uai! Se tu não queria, mode que tu me atentou? Agora, güenta se tu é homem!

— Pára! Pára, Xiquinha do diabo! Não posso mais...

— Então, tu me leva ao contratador?

— Tu estás doida! Uma escrava! Era só o que faltava, homessa! — Entre a aflição e a exigência, o militar explodiu. — Eu? Levar-te?

Furiosa, Xica redobrou os pormenores da operação complicada e o sargento não agüentou na capitulação:

— Levo... levo, mas pára! Pára um pouco, Xica... Deixa eu

respirar... Por favor... Levo, sim, Xiquinha do meu coração... Te levo pra ver o contratador de merda... o rei... todos... até Satanás se você quiser, meu bem... meu amor... levo... homessa!

Rebolando-se no chão, para onde resvalou, derrotado, entornada a bacia da infusão cheirosa, o velho ainda procurou se libertar do acocho de Xica. Sabia bem que ia ter começo a extravagância conhecida de quantos que, em algum tempo, se haviam aproximado da mulata: uma barbaridade que só mesmo um capeta da mais alargada imaginação, maior ainda do que todos os requintes, na época, correntes em Paris, seria capaz de inventar para exaurir um homem, velho ou moço, até as derradeiras conseqüências. Isso, pelo menos, durante o tempo requerido para efetivas e laboriosas retemperações. É que, se a cura ou o restabelecimento das forças não se desse já longe do alcance das právidas mãos da mulata terrível, senão ainda debaixo dos mais ardentes tapas e dentadas cruentas, por todo o corpo, complementos exigidos para a satisfação da libido originalíssima, sua vítima havia de retornar fatalmente à inconsciência total, após os mais complexos e renovados orgasmos.

Quando Xica viu que o amo estava quietinho no chão, apenas mal respirando satisfações conclusas a duras penas, o camisolão enrolado no pescoço e as amostranças inteiramente derrotadas, ergueu-se, sorriu vitórias, enxugou na barra da saia seu pecado retumbante nos mais acentuados ruídos e, pé ante pé, saiu ao encontro de Manelote, o filho mais taludinho do padre Rolim, também já a caminho do seminário, e que, seguindo os passos de Zezé, iniciava jornadas floridas pela mão de Xica.

Desde pela manhã, o neto adolescente do último senhor da ladina impossível ansiava indocilidade pela visita prometida. E Xica, a essas coisas, não gostava de faltar.

Quem poderá saber ao encontro de que precipícios seguiriam os dois ao penetrarem, dali a bocado, entre fantasias e inexperiências, nos misteriosos porões da Casa da Ordem, lugar muito afoito, escuro e baixinho, com teias de aranha, lacraus e baratas, fantasmas antigos e sombras diversas, barulhos soturnos, calados gemidos de água correndo...

Aquele porão, de mais de cem anos, foi feito, parece, pra ninho de amor das rudes sarandas da Xica da Silva...

32

Noitinha, já de volta da vadiação com Manelote, ao passar pela porta fortemente cerrada da Casa do Contrato, Xica parou de espacinho e, sem se importar com a guarda em rigores de prontidão, ficou olhando tempo sem hora para o janelão onde o recém-chegado contratador, vigiado de perto pelo gigantesco mono Cabeça, olhava melancolias na rua, para nadar. Por mais que diligenciasse ser percebida, João Fernandes não a olhava. Ao contrário, virando-se para dentro, perguntou ao escravo das duras fidelidades, como se falasse para si mesmo, buscando encher o tempo doce do cair da noite:

— Ouviu, Cabeça? Que achas de tudo isso, meu velho? Que teremos pela frente, daqui por diante? — O contratador riu-se com amargura, ao recordar o pai. — Teremos um povo manso de coração ou a corja do Teodoro?

Cabeça, impávido como se fosse um bloco de rocha, só mexeu o lábio inferior:

— Cada noite só tem uma lua só, nhô sim!

— E daí?!

Passou tempo. Xica na praça. Cabeça voltou a falar:

— Todo tempo só havera de sê maduro!

João Fernandes divertia-se com seu escravo. Conhecia bem seus falares cabalísticos e gostava de interpretá-los:

— Lá vens tu com tuas tabelas, Cabeça! Que diabo queres dizer com tempo maduro e uma lua só?

Foi quando Cabeça resolveu explicar. Nesse momento, João Fernandes tornou a olhar a rua e seus olhos pararam na figura de Xica, como por um acidente.

— Apois, meu sinhô! As coisas nunca chega fora do dia lá delas. Meu sinhô tá chegando na terra maldiçoada das pedra e das fartura, banhada na desgraça. Vem com mando e força de sô reis. Olho grande, de perversidade, não vai fartá, nhô não. O caminho é de luz. De louvação também. Mas porém, em terra ansim, brota é muita traição! Muita farsidade...

Cabeça parou um pouco sua fala para seguir os olhos do amo, esquecidos maquinalmente na figura de Xica, recortada nas primeiras sombras noturnas, erguida, sozinha, bem no meio da praça: cabeça bem levantada nas afrontas, peitos empinados, nádegas tesas, Xica encarava firme para o homem da janela.

O escravo prosseguiu, baixinho, com sua voz profundamente rouca:

— Mas se a sina de meu sinhô é essa... de pregá sua vida nessas pedra... mexê com muita fartura qui nem o pai de meu sinhô, é perciso sabê comê do bom e do ruins. Cada pedaço no seu tempo, sem zanga nem arvoroço... apois?

— Povo intrigante, Cabeça... Mau sem querer, mau por ignorância, por inveja, por despeito... — João Fernandes falava como se não estivesse ouvindo o negro; como se não estivesse vendo Xica, embaixo, na praça. — Bem conheço eu a força de um povo pequeno em terra rica... Sobretudo quando esse povo é miserável... não tem nada... nem comida, Cabeça!

33

Enquanto João Fernandes, ao rebrilho das primeiras estrelas, se recolhia indiferente, para desespero da mulata mais atrevida da Vila do Príncipe, duas ruas mais abaixo, tomando-se a mão para a Igreja das Mercês, ia uma bela cena doméstica: no chalé asseado do intendente-geral Francisco José Pinto de Mendonça, o Mucó do povo, o dono da casa, calças de dormir opala azul-ferrete com grossos cordões por cima das ceroulas riscadinhas, de flanela, o busto só vestido de uma enorme quantidade de pêlos duros, enrolados, negros e brancos, mãos cruzadas sobre o ventre abaulado como as dos defuntos, também abundantes de feios pêlos, Sua Excelência dormia a sono solto, a remoer sua farta ceia de lombo e favas, empurrada com meia canada de rascante, tanto mais apreciado quanto mais atrasadas nas horas de servir, pelo arrastar-se da festa de recepção ao contratador.

Sentada em sua elegante penteadeirazinha de pau-branco, dona Hortênsia mordia a ponta de uma pena, sem tirar os olhos da bocarra escancarada do marido, a emitir sincopados roncos, no jeito de quem vai ter uma coisa...

— Bem feito se uma mosca entrar! — Hortênsia se riu imaginando artes. Não demorou, porém, compassando, com um suspiro de conformação, a pena molhada no tinteiro de largas louças, com o resfolegar do dorminhoco, a subir e descer a barriga na cama do casal, a mulher abriu caligrafia bonita no papel já aparado no timbre denunciador da origem oficial, e escreveu, depois de vigiar mais uma vez o farto sono do intendente: "Meu Bel'Homem J. F. de O. Aos 10 dias do mês de setembro do ano de C. de 1758. — Assistindo em esta vila. Muitos saudares. A pessoa que avisa é um amigo. Assim diz um ditado nosso. Rezando pelo adágio, eu aviso: cuide Vossa Mercê com determinada dama que esteve muito presente à chegada de V. M., hoje, pela manhã. Para melhor aclaramento desta, digo que a perigosa criatura foi a mesma que teve a petulância de oferecer a V. M. aquele ramo de rosas vermelhas que é, como se diz, a cor da paixão."

Terminada a frase, Hortênsia releu-a baixinho. Examinou detidamente o sono do marido, molhou a pena outra vez e prosseguiu com letra limpa, da melhor cultura européia, um absurdo na época: "Em verdade, Senhor Contratador, aquilo que se viu foi de estarrecer um frade de pedra! Se tão ilustre homem, como o é V. M., foi cego ao fato é que, entre as perfeições de sua alma, conta-se o ser discreto. Infelizmente, esse dom não possui a fidalga, motivo desta. Não houve quem não anotasse com as dimensões de um escândalo, olhares, palavras, posturas, sorrisos, verdadeiras punhadas de indecência com que aquela referida senhora, tida e havida como a mais linda e recatada do Distrito, endereçava a V. M., da maneira mais direta e sem nenhum temor ao público, já não dizendo ao marido que, conforme percebeu V. M., se trata do maior e do mais elevado Poder da Demarcação. Poder a que até mesmo V. M., Senhor Contratador, terá, por dever de ordem, de protestar excelência". Relendo a frase, a alegre missivista pôs-se séria. Descansou a pena com método junto ao areeiro de prata com que, depois, secou toda a folha, para uma nova página. Mas, antes de recomeçar, murmurou por entre dentes:

— Isto, meu contratador das dúzias, é pra que tu não me ponhas as manguinhas de fora e queiras ser o rei cá da Demarcação. Hás de me respeitar e obedecer que, se o Mucó não der de si (o que não há de dar mesmo), terás, por trás dele, minha vontade e minha ordem. — Agora, com menor diversão, dona Hortênsia terminou apressada: "Porém o que mais nos aterra nesse oferecimento libertino para a traição ao marido, é que ao cujo supracitado, pouco se lhe dava o que ia mesmo por debaixo de sua penca. Esse gaiato, que traz o feio apelido de uma ave encapotada de nossa terra por relação à sua tolerância sem demarcações, inclusive para com a linda e delicada esposa, diga-se por força da Justiça, jamais foi enganado algures unicamente pelo fato de não se encontrar na Vila, até esta manhã, figura tão guapa e formosa como o é a de V. M.."

— Deus que me perdoe! — dona Hortênsia exclamou, a meia voz, com uma gargalhada abafada. Mas, logo, lembrando-se do marido ali dormindo, tapou a boca com as mãos. Em seguida, tomou a pena que afiou com um pequeno canivete, embebeu-a no tinteiro e prosseguiu com muita seriedade: "Olhos abertos, Senhor Contratador, que, mais, não seria possível para a perdição de V. M. que senhora de tão alta Casa. Quem tem a honra de escrever estas linhas sinceras é alguém mui temeroso de que a Dama de que se fala, cedendo pela primeira vez à tentação de trair o marido..."

— Que horror! — Hortênsia riu-se de novo, desta vez muito baixinho, olhando e atenta ao intendente que se remexia na cama.

"...e arraste V. M. ao amor, com sua imensa beleza, elegância francesa e inteligência..."

— Que diabo vou escrever aqui para qualificar minha inteligência? — Mordendo o dedinho em cima da unha tratada, lembrou-se. — Ah! Já sei! — E escreveu: — "Moderna, delicadeza no trato e todos os mais dotes com que foi educada para a arte de sedução e dar felicidade a grandes homens como V. M. Deus guarde El-Rei na pessoa de Vossa Mercê, como deve e cumpre. Seu criado humilde e obrigado. Cravo Vermelho".

— Ufa! — A terrível mulherzinha levantou-se com um gemido de dor nos quadris, pelo demorado da posição forçada, e foi espiar o marido de mais perto, a ponto de debruçar-se sobre a cama:

"Isto é que é dormir... Raios! Parece um cavalo ou uma porca!..."

Tornou à penteadeirazinha branca e, de pé mesmo, leu mais uma vez toda a carta. Estacou um pouco ao atingir, com o maior cuidado, o trecho em que frisara mandos, e aprovou-o com um sorriso de triunfo. Chegando ao fim, porém, aparou uma outra pena, riscou a assinatura ainda úmida na tinta, e escreveu por cima, sem se importar com a rasura: "Rosa Vermelha". Com um pouco de goma-do-egito, que espalhou com o dedinho travesso, colou a pestana do envelope, chamou por sua mucama Dara, cochichou-lhe malícias costumeiras no ouvido, demoradamente, ignorando a presença do marido já em estremunhamentos para acordar, e despediu-a com a carta, despachada em mais um de seus sorrisos de confabulação, grandes e fáceis.

— Dormiste, heim? Tu dormes!... Tu és monstruoso! A ti, não chegam cuidados, heim, oh Mucó? Nada te chega...

Ouvindo o apelido, o intendente se danou. Levantou-se pesadão, estralejando a cama. Sem responder diretamente, resmungou aborrecimentos, a voz ainda pastosa do sono, da digestão morosa:

— Mucó ou não Mucó, sou eu que lh'a manda, lerca

titinguenta! — mas, reparando no colo bonito, apetitosamente picadinho de sardas, da mulher muito clara e muito loura (como as russas! — imaginou) marraram-lhe vontades. Ajeitando seus volumes dentro das calças de grossos cordões, achou crescidas voluptuosidades. Começava a estar feliz quando se chateou com a mulher a perguntar-lhe mais coisas sobre o novo contratador:

— Que pensas tu do Fernandes? Valerá a pena?...

— Ora sebo! E eu com isso? Que sei eu de contratadores ou lá o quê? É esperar-se... esperar-se a ver, ora sebo! A ver...

Mucó chateou-se porque, desde que se começou a falar na vida do homem, o Contrato, acéfalo fazia quase um ano, toda gente que vivia à tripa forra dentro da Demarcação, pouco ligando pra leis, bandos, pregos, ordens, cartas ou chaturas da corte, ficou alvoroçada. Era uma preocupação! Sobretudo para as autoridades como ele e o compadre sargento-mor que inegavelmente andavam mijando fora da pichorra, como era hábito a mulher falar dos malfeitos alheios...

34

É que, mesmo com o início dos absurdos contratos, quase trinta anos antes, nunca se vira tanta irregularidade na vila como de por último: garimpo e contrabando andavam soltos; os atravessadores viviam dentro do arruado sem peias nem medidas; invasão de terras e moradores sem carta de licença zanzando pelos arredores era o que mais se via; também coisa de todos os dias era a admissão de negros sem matrícula na captação e crimes impunes, decorrentes de tudo isso.

A vida, para quem tinha seus recursos e grandes amizades, corria mansa e leve. Na Intendência, Mucó engordava e enricava em bruto; o sargento, no policiamento, fechava os olhos a tudo o que lhe rendia propinas e vantagens. Quem tivesse padrinho forte facilitava sua pouca disposição para represar desordens; o pároco do Carmo, sacana, gozador e manata até da bacia das almas, tratava de comer bem, beber do melhor e marretar à vontade; o ouvidor, pior ainda, peco de inteligência, passava seu tempo a papar o que podia, tanto de pratos como de cama. E note-se que a palavra "cama" aí entra como mera força de expressão porque o malandro trepava mesmo aonde calhasse, em quem calhasse, e como calhasse, sem qualquer preferência por local, maneira ou pessoa.

Mas o pior, o que mais feria o intendente e mais ardidas revoltas trazia à sua ira (e muito mais à de dona Hortênsia), é que João Fernandes não era possuidor de qualquer papel assinado, com mando, que lhe subjugasse. Ao contrário: pelos regimentos da Conselho Ultramarino, a figura suprema do Poder, na Demarcação, era ele, o intendente-geral! Que diabo o fazia temer, então? Logo ele, que tinha o sargento no bolso e, por conseguinte, a força policial nas mãos, enquanto, ao contratador, não era permitido sequer fazer uma devassa contra o menor comerciante da vila ou tomar qualquer deliberação administrativa fora da contratação...

— Ora sebo! Seja lá o que Deus quiser... — Mucó, coitado, não atinava que o vasto império de João Fernandes, e de todas as arbitrariedades que ele quisesse fazer, vinham-lhe simplesmemte da imensa fortuna que seu cargo privilegiado fazia cair em suas mãos.

Como já escurecia, fora, o homem achou melhor comer o que havia sobrado do lombo com favas (já agora muito mais favas do que lombo), antes de se recolher, definitivamente, para mais uma noite, talvez das últimas, de sossego em sua alcovinha de mornos asseios.

— Hortênsia... — chamou, com sono — Hortensinha, vamos dormir, mulher!

35

Já bem madrugadinha, dona Hortênsia se levantou em camisa de dormir e, pés descalços, pelo postigo da copa, atirou no pátio interno o nojo de duas toalhinhas secretamente servidas.

Logo, tomou com sofreguidão um copo d'água fresca duma gorda bilha de barro e tornou ao quarto do casal.

Saturado de satisfações em seu já laborioso esforço, sem maiores exigências ou requintes, o intendente ouviu de má vontade a pergunta da mulher:

— Oh, Francisco! É verdade... que diabo quer-se dizer quando se diz: lerca titinguenta? Que coisa é isto?

— Isto... sim... é coisa muito antiga... do meu tempo de miúdo. São dizeres, sabes? Tem sua graça... Lerca... é como quem diz: vaca velha tirante a sardenta. — Hortênsia, na penumbra do quarto, trincou os dentes com força mas o marido, rindo-se da piada, quis saber: — E quem chamou alguém disto?

O ecoar sonoro de uma bofetada estalou, esgarçando o silêncio da hora, muito nova.

Depois, tudo se aquietou novamente, até que o sino fininho do Amparo começasse a chamar o povo para a missa das seis...

36

Logo pela manhã daquele mesmo dia, correu a notícia que o intendente temia: exorbitando de suas funções, pior do que caranguejo quando salta fora da panela, mas muitíssimo seguro da medida e com as costas quentes pelas proteções tangolomangas de Pombal, João Fernandes mandou anunciar com bando, caixas e tudo que, às dez horas da manhã, começaria a dar audiência geral. Nominalmente, para maior desaforo e afronta, citava ele, o intendente, mais o sargento, o pároco e alguns nobres e comerciantes de maior destaque na terra.

A coisa levava jeito de uma tomada de contas!

O povo, dizia o bando, também podia encostar, depois, para apresentar suas queixas, petições, pretensões ou o que fosse mais.

Havia audácia no homem! Quem o diabo pensava que era? O rei em pessoa?... Ora sebo!

37

Cativo Cabeça é que teve o trabalho de providenciar tudo, além de ter que dar um pouco de ordem ao salão empoeirado, o mesmo salão de tantos trabalhos a bem da coroa, mas bem mais ainda pro bolso ladrão dos contratadores de todos os tempos, incluso o Fernandes, pai desse agora, o que morreu doido, pensando em dinheiro, penando remorsos, na corte em Lisboa. Sobre as mesas inúteis desde o término do último contrato em vigor, tanto tempo atrás, o fiel Cabeça ainda encontrou muita coisa daquele tempo retirado: balanças precisas, pesinhos pra ouro e pedras graúdas, crivos da Holanda pra diamantes, xibius, olhos-de-mosquito, pontinhos fanados, espirros e outras migalhas. Pelos cantos, quantidade de objetos apreendidos nos registros e alfândegas que serviam para o contrabando de pedras e ouro. Eram sapatos de bicos altos e saltos falsos; espingardas de coronhas ocas, em estojo; bastões e bastonetes de armas, de castão e ponteiras, o que mostrava que nobres também se dedicavam a essa modalidade de lesa-coroa... Numa prateleira, também cheia de poeira, havia uma variadíssima coleção de santos de pau oco que, recheados de brilhantes, passavam por todos os postos de fiscalização reais como coisa sacra, da Santa Madre Igreja Católica Apostólica Romana, principalmente quando conduzidos com muita fé e circunstância pelos sisudos falsos penitentes, pelos frades descalços, cozidos em humildades e desprendimentos terrenos, ou gordos padres viajores da Irmandade do Carmelo, que bem representavam o poder eclesiástico de então, vendendo indulgências mas sempre muito mais propensos ao temporal do que ao espiritual...

38

Apesar da revolta muito justa e dos propósitos azedos dos maiores da terra em deixar o contratador falando às paredes em sua proclamada audiência, e não prestarem obediência indevida a quem não trazia ordem para se intrometer na vida de ninguém, muito antes da hora marcada, já a ante-sala do sobradão não tinha mais nem uma cadeira vazia. E cada qual justificava aos demais as razões de sua presença: é que havia grande curiosidade em saber até onde o sacripanta do João Fernandes queria chegar com sua prepotência e sua cara enfatuada.

— Sim! — confidenciavam uns aos outros, haviam de ver, ainda que fossem obrigados a pagar o preço do atendimento à ordem tão ilegal e absurda! Somente os miseráveis, que nada tinham a dar ou a temer, aprovavam a atitude de João Fernandes que, ao que lhes parecia, era limpa e de quem chega para impor ordem, respeito e honestidade. Mas, afundados em suas misérias, nem podiam ousar subir as escadas da Casa do Contrato, mormente naquele dia, lustrosas do que havia de rico e imponente na vila.

39

Dona Hortênsia, umas das primeiras a chegar, ainda que dizendo cobras e lagartos do atrevimento do contratador, estava na janela olhando para fora, feliz porque seu marido, o Mucó, de uma maneira ou de outra, tinha sido o primeiro a ser admitido à audiência. Pelo jeito, a coisa levava grandes particulares pois que fazia bem hora que, a portas fechadas, os dois nada deixavam transpirar cá fora. Que estariam conversando? — dona Hortênsia, na janela, perguntou-se pela centésima vez. Já um tanto esquecida das superioridades hierárquicas de seu marido, coisa tão proclamada por ela, estava até eufórica pela deferência. Eufórica e doida para que chegasse mais alguém importante para comentar o privilégio.

Certamente João Fernandes escolhera o intendente como pessoa indicada e a mais segura para informá-lo disso mais daquilo, por dentro e por fora. Nada de estranhar, por isso — pensava e planejava dona Hortênsia —, que dali saísse, naquele dia mesmo, um convite para um jantar ou simples visita... O homenzinho, ao que parecia, era vivo. Não gostava de perder tempo e era daqueles que, enquanto os outros ainda vão, ele já vem de volta...

Mas, nesse momento, a atenção de dona Hortênsia virou-se inteiramente para a rua: embaixo, um tipo de chapéu mole, desabado sobre os olhos, pés no chão, barbicha rala, de caboclo, trazia pelas rédeas o cavalo branco que fora tomado ao contratador, em viagem de vinda, por Teodoro!

E trazia mais um outro animal, embora um pouco menos nobre, selado também.

— Possível?! — admirou-se a mulher, vendo, da sacada do janelão, o mestiço chamar, autoritário, um dos pedestres da guarda. Com um orgulho que não cabia em sua figura, entregou-lhe um pacotinho, disse alguma coisa em voz muito baixa, quase no ouvido, apontou para o salão da Casa do Contrato, deixou o cavalo branco, bonito e tratado, com todos os seus arreios, atado a um palanque com uma soga de cipó e, montando no outro animal que trouxera à toa, partiu a galope ao longo da rua Macau de Baixo levando direção do rio Grande.

Quando o pedestre subiu, cara de banda, atrapalhado com a vasta espada a resvalar pelos degraus forçando o talabarte do uniforme puído, Hortênsia, sobre brasas, avisou-o de que não podia entrar no gabinete. Aproveitou para constatar que o saquinho era dos que se usava para viajar diamantes. Perguntou:

— Que lhe disse aquele rapaz? Que lhe mandou dizer ao contratador? Que é isto?

O pedestre estava aflito. Indeciso, explicou que o recado era muito urgente e que era só para ser transmitido diretamente ao contratador.

— Ora, rapaz! — dona Hortênsia largou peso de mando —, diga a mim. Eu sou a pessoa a quem João Fernandes nomeou para...

Não foi preciso muitos argumentos mais: o coitado do pedestre, ao ouvir dona Hortênsia se referir ao contratador com tamanha intimidade, gaguejou:

— Era pra dizer que o cavalo está lá embaixo... que Teodoro agradecia muito a gentileza do empréstimo... que mandava aquela lembrança de suas lavras e que... que... perguntava como ia passando a flauta. Só!

— Flauta? Que flauta? O contratador toca flauta? — perguntou, a encobrir emoções.

Cabeça é que, adivinhando gravidade na coisa, abriu a porta sob sua guarda e mandou o pedestre entrar, com um gesto largo de muito poder.

Mas o sargento-mor, sempre atrasado, vinha subindo a escada, já no último lance. Afobado, pedindo licença e desculpas pra um lado e pra outro, cumprimentando, tropeçando nas palavras, bufando suores...

— Sim... — acudiu dona Hortênsia — está lá dentro com meu marido! Isto, compadre, desde que chegamos, há de fazer mais de uma hora... O contratador foi de muita elegância. — Prendia o sargento, nervosa, esfregando o nariz com força. — Ele já compreendeu que, nesta terra de povo... Cala-te, boca! — Hortênsia abaixou a voz para o comentário. — Nesta terra, ele só pode confiar mesmo em meu marido. De mais a mais, é a autoridade da vila e João Fernandes sabe disso!

Ao perceber que estava sendo ouvida ao redor, pois que o

ouvidor quase se deitava na cadeira para escutar, Hortênsia tornou a levantar o timbre de suas palavras, com grande satisfação. Mas, apenas recomeçou a contar que o contratador havia lhe mandado recados, logo pela manhã, teve de interromper sua exibição: Cabeça entreabria novamente a porta para perguntar, com seu jeito fechado, se o senhor sargento-mor já havia chegado. Foi um deus-nos-acuda! Uma correria! Todos responderam juntos que sim, apontando o pobre sargento como se ele fosse um criminoso.

— Agora mesmo... — afirmou o barão.

— Não faz um minuto... — disse o pesador dos ouros.

— De fato: não faz um minuto! — ponderou o ouvidor, como se fosse ele o informante mais autorizado dali.

O movimento, em crescentes falas, se espraiou por todo o ambiente.

Hortênsia, com o privilégio de mulher do intendente, empurrou o compadre com um "Vá! Vá! Avia-te, homem!", e o sargento, empurrado pela comadre, barafustou portas adentro, tropeçando, atropelando o escravo gigante das largadas confianças de João Fernandes, espalhando, ainda, muitos dedos e mãos no ar solene do gabinete.

40

Sentado atrás da longa mesa dos despachos de seus antepassados, João Fernandes despede, com um gesto seco, o pedestre que lhe trouxera o recado do garimpeiro Teodoro.

Nas mãos descansadas, sobrepesa, sem pressa de abri-lo, o saquinho de diamantes. E sorri.

Estava tão desligado de todos e de tudo, pensamento no faiscador atrevido, que nem deu pela entrada estabanada do sargento, a se desmanchar em "Bons dias a Vossa Excelência... Espero que tenha passado uma boa noite entre nós... tenha gostado do Tijuco..."

— Sim... atrasei-me um pouquinho aí fora, a saudar... a esperar ordens... Felizmente, aqui já estou para o que for preciso... sempre para ajudar, para informar...

Só então o sargento percebeu que o intendente suava frio! Sem achar jeito no silhão de couro, de costas para a porta que Cabeça apressou-se a cerrar de novo.

O compadre, pelo visto, devia estar em palpos de aranha!, como se dizia na época, a especificar grave aperto. — Que sabatina seria aquela? — o sargento tagarela sobressaltou-se. — Seria? Seria? Não! Positivamente não era possível que João Fernandes, com tão poucas horas na terra, já estivesse tão por dentro de todas as maroteiras que os dois, de calada sociedade, faziam, a melhorar um pouco a porca paga da coroa...

41

A voz do sargento, em ramerrão sem cor, só fazia era aprofundar mais João em estranhas lembranças, transportando-o a dois dias antes, quando Teodoro tomou-lhe o cavalo branco, num empréstimo meio safado.

O saquinho de diamantes tinha sido o ponto de partida para a recordação.

A cena foi num campo aberto, nas cercanias de Ressaquinha... Seriam seis horas da tarde, quando a tropa do contratador, com

Cabeça, Tonha, Chico e Paulão, além de outros escravos e guias, preparavam bivaque para a derradeira noite da jornada. Então, de trás de alguns cedros copados, ouviram música fresca, saída como que do chão. João Fernandes, surpreso e contente, sacou sua flauta alemã de uma canastra de viagem e, sem muitas explicações, tomou parte no concerto improvisado.

Ao terminar a partitura, o contratador, dando volta às árvores, foi ao encontro de seus parceiros de momento: Matias, português do norte, e mestre Raimundo, mulato parrudo de Vila Rica.

O mestre aprovou de estalo sua arte musical:

— Bravos! Bravos! Que, pelo visto, estamos diante de um escolado ilustre!

João Fernandes desculpou-se:

— Reparem... peço aos amigos que me perdoem o ter-lhes atrapalhado a música... atrasado a caminhada... mas quando ouvi música... percebi que eram músicos...

— E por acaso o senhor não é?

— Não! Oh, não! Nem de longe! Apenas aprecio... gosto... aprendi alguma coisa na Europa...

— Olaré! — Foi quando Matias interrompeu o amigo. — Claro que não, mestre Raimundo! Vê-se logo! — E, apontando invejas para o magnífico cavalo, para os escravos e para a riqueza que ia pela grande tropa, acrescentou: — Vê-se logo que o cavalheiro aqui não ganha a vida em funções... Fia mais fino... ora, se fia!

Muito longe do intendente ali sentado, cozinhando agonias, e do sargento, a falar sem paradas, João Fernandes seguia revivendo a cena do assalto: o serão ia se esticando e ele, agora francamente amigo dos patuscos, se divertia com o susto que os dois tomaram ao saberem quem era o parceiro eventual de suas cavatinas...

— Olaré, mestre Raimundo, que o companheiro aqui é vinho de outra pipa!

— O que admira é seu talento para a música e para tratar a gente sem títulos, haveres ou comendas... Olha lá que, se me perdoa Vossa Excelência, até parece da nossa igualha!

E as risadas se multiplicavam à proporção que se esvaziava a garrafinha de conhaque. Coisa que o tempo frio bem ajudava!

Por outro lado, sem perder tempo, João Fernandes, entre uma música e outra, aproveitava a vasa e tratava de se inteirar das coisas relacionadas com a extração das pedras, exploração, garimpo e contrabandos. Foi assim que tomou conhecimento muito útil de um recente e escandaloso roubo de um cofre na Intendência e outras maroteiras bem transadas na tal sociedade calada dos dois compadres...

A noite andava nesse pé quando surgiu, inopinadamente, Teodoro com a sua gente.

Embora o pavor tenha tomado conta dos músicos, João Fernandes preferiu não reagir. Aceitou o jogo do garimpeiro e só se deu a conhecer quando Teodoro, depois de esclarecer que garimpeiro não é nenhum assaltante de estradas, bandido ou malfeitor perverso, mas homem que tem sua ética, embora não reconheça leis feitas por autoridades arbitrárias, e ganha sua vida honestamente, apanhando, com seu trabalho, as pedras que Deus semeou por ali além, mas não especificou a quem pertenceriam, pediu o cavalo para um companheiro que vinha ferido, ofereceu alguns diamantes e prometeu devolver o animal apenas não mais necessitasse dele.

Ao se despedir e partir, sempre com uma engraçada elegância cortesã, já em frente a seu bando, contou aquela história de que, em breve, haviam de ser bons inimigos...

42

Tanto João Fernandes brincava com o segundo presente de Teodoro que o deixou cair sobre o tampo da grande mesa negra, espalhando as pedrinhas por todos os cantos.

O acidente serviu para chamá-lo ao presente. Interrompeu a falação do sargento para exclamar:

— Ora viva, senhor sargento-mor! Chegou a tempo... Estávamos, eu e o senhor intendente-geral, a antecipar uma vista de olhos sobre a situação da terra no tocante à extração, a contas atrasadas, recolhimentos... contrabandos, o diabo! Quer Vossa Mercê ajudar-nos? — Agradecido ao compadre pelo socorro que vinha prestar-lhe com sua chegada, Mucó, muito embaraçado, encolhia e desencolhia os lábios como se estivesse prestes a assobiar:

— Estava mostrando ao senhor contratador... a Sua Excelência, digo eu, mostrando os dados dos últimos recolhimentos... — Disfarçadamente, piscou um olho ao sargento.

— Pois cá estou eu para explicar, homessa! — o sargento interrompeu.

Mucó levantou-se, fingindo rir divertido:

— Explicar coisa nenhuma, compadre! — mas corrigiu-se logo: — sargento! Saiba que o senhor contratador aqui percebe do riscado! Olá, se percebe! E como! Ora sebo! Melhor do que nós por junto.

João Fernandes, alheio ao pasmo do sargento e às palavras do intendente, esclarece com forte paciência:

— Sim... das contas deste exercício, já sei. Estou bem a par! Agora, queria ver... vejamos!

Enquanto o contratador folheia livros e papéis esparsos, o sargento procura desviar a conversa:

— Prejuízos e desvios importantes, senhor contratador, são os que nos acarretam os desalmados contrabandistas, os criminosos faiscadores das várzeas ocultas...

— Deixemos os garimpeiros pra lá... por enquanto. Isso será um outro assunto. É que, antes, temos coisas a verificar dentro de casa mesmo, me entendem? — João Fernandes passa a examinar livros que folheia por alto, como a ordenar suas idéias. — Passem-me os balanços anuais... o caderno de lançamentos... as guias de recolhimento de julho em diante...

Mas Mucó insistia no tema abordado pelo compadre:

— É que matam, Excelência. São facínoras! — E, tocando num braço do contratador como para frisar a gravidade da denúncia, acrescentou: — Há um deles, então... esse mesmo que o roubou. Um que atende pelo nome de Teodoro... Cruzes! Benza-o Deus! Havemos de falar por miúdo...

Alheio propositalmente à conversa dos dois, João Fernandes pergunta à queima-roupa:

— Quando foi feito o último recolhimento a Vila Rica? Especificamente. Peço que me respondam em ordem, a cada pergunta, senão jamais chegaremos a parte alguma.

Mucó tem uma idéia para fugir à pergunta desagradável: ergue-se de supetão de sobre os livros onde estava debruçado para patentear grande interesse no acompanhamento da fala do contratador, e, livre da posição incômoda, apanha, a um canto, um santo de pau oco e, como pretexto, exibe-o:

— Sabe Vossa Excelência como funciona o engenho?

João Fernandes toma o santo e, brincando de abrir e fechar o estojo oculto, prossegue:

— Muito bem. Mas o que precisamos ver, agora, é o nosso trabalho. Como é feita a extração, como havemos de fazê-la a mais prática possível. E a mais rendosa também. Eis tudo! Antes de viajar para cá, ouvi várias historietas engraçadas sobre o Tijuco. Interessantes mas incríveis! Sobre perseguições mesquinhas... o roubo de um cofre... Gostaria de saber tudo por partes, entendem-me os meus amigos? Por exemplo: que atraso traz Vossa Mercê nas contas? Em números, por favor!

— Em números... é claro! — repetiu o intendente, enxugando o suor da testa. — Hei de ver! Em casa... Com tempo, é claro... Consultando papéis... ora sebo!

— Pois sim. Traga-me tudo. Depois do almoço. E Vossa Mercê, senhor sargento, por que não foi feito nenhum recolhimento desde de... — com o dedo, percorre as linhas lançadas no livro sujo — desde, digamos, desde maio do ano passado? Por que tão dilatado atraso? Onde estão depositadas as pedras extraídas desde aquela data, desde que a Casa do Contrato esteve fechada? E o numerário das arrecadações dos limites da Demarcação? Os quintos? O ouro em pó e em barras do quinto real? Veja-me isso também, sargento. Com urgência. É um obséquio!

43

Foi bem de repente que a coisa se deu: rasgando silêncios e apreensões em tiros de gritos a doida figura de Xica da Silva, chegada da rua, moleca terrível, em bulhas fervidas e sem cerimônias, subiu as escadas rangendo os degraus. Rompeu como um raio na própria ante-sala do contratador, trazia escarcéu sem se incomodar com nobres ou damas que, ali, se ajuntavam à espera do horário de ver João Fernandes. Escrava ladina, passou vento-só por dentro do povo; cuspiu de viés pra esse e pr'aquele, a bata caída, o seio de fora. E, por esse caminho, a saia rasgada, as coxas também. E tudo pensado de muito propósito!

Hortênsia, espantada até mais não poder, ao vê-la passar mui rude e atrevida, chamou-a cachorra e mais nomes duros. Fez carga pesada:

— Me faça um favor, senhor vigilante, segure essa peste e a meta no tronco. É escrava fugida... vai ver que ladrona! Ou doida varrida!

Quem disse que alguém pegou a mulata? Largando empurrões, pisando uns e outros, Xiquinha, danada, chegou junto à porta. Cuspiu no Cabeça, entrou nos azeites, falsinha nas zangas:

— Meu amo, me acuda! — pediu, plano feito, banhada em meiguices. — Seu filho me mata! Zezé tem ciúmes... — Mas, dentro da manha, os olhos no amo e no contratador, mudou de repente o fino da voz. — O senhor me desculpe... se alembra de mim? Que lhe dei a rosa? — os olhos voltados agora pro chão, o ar inocente, a bata caída...

Afogado pelo maior assombro de toda a sua vida, o sargento-mor, depois de várias tentativas em que a voz lhe fugia de todo, achou de justificar:

— Vossa Excelência há de me perdoar... sim, que a negra é de minha propriedade... Não nego! De nossa propriedade, homessa! Nem sei mais o que diga... a negrinha é minha... é claro... Mas, não regula! É pancada, é! Tem o juizinho desarranjado. Isto, desde que foi lá pra casa! Homessa!

Aliviado de momento dos apertos da sabatina, o intendente achou de interferir:

— E se não é maluca, é uma criminosa! Desaforada! Sensaborona! Um caso de forca, é o que lhe digo! E logo às vistas do senhor contratador, heim? Oh compadre... Oh sargento — corrigiu-se outra vez, com receio de que a intimidade entre os dois tornasse-os ainda mais suspeitos aos olhos vivos de João Fernandes. — Que me diz a isto? Passa! — João Fernandes ria-se com vontade. A pretinha ia-lhe bem! Um encanto rude... silvestre, cheirando a mato amassado. Teria gosto de manga madura... Que boca, tinha o diabinho! Que jeito de andar... que tudo!

E quem não sabia que Xica havia caprichado naquele dia? E foi banho de chuva, suco de limão, esfregações por todo o corpo, fumo de rolo pra ariar os dentes...

Com gestos apressados, o contratador mandou que os dois patuscos não interrompessem Xica e falou-lhe com ar muito amigo, pacientemente:

— Que lhe fez o malvado do Zezé, menina? O maroto tem ciúmes de quem?

Xica cresceu nas audácias. Sentindo terreno para pisar, respondeu desembaraços:

— De tudo! Ora, do povo, uai. Agora disse que o sinhô... — Parou como que encabulada, balançando as mãos como se não soubesse o que fazer com elas. — Por isso... só por causa daquele botão de rosa que lhe dei, me magoou aqui... mordeu aqui... beliscou aqui... mordeu aqui... beliscou aqui... pisou bem aqui... — deslumbrada com a atenção que provocava, muito maior do que imaginara, percebendo longe o que dizia e o que não dizia o olhar quente do contratador, prosseguiu nadando em alegrias, mostrando o corpo em pormenores, baixando e erguendo panos modestos, virando-se de lado... de frente... de costas...

Por fim, em passos quase dançados e volteios de mil graças, Xica ia rasgando aos poucos a roupa pouquinha:

— Olha veja só! Ontem, foi aqui! Anteontem aqui... Bem aqui, tá vendo? Tá vendo só como tá marcado? Hoje, só por causa de Vosmecê, me largou uma tapona na tábua dos peitos que me deixou toda roxa... Espia se não? Vê! Vê mesmo, uai!

Num tá roxo? E me mordeu cá nos baixos... na popa da bunda! Nos dentro das coxas! — Despida de todo, Xica acelerou passos e requebros. Já dançava francamente. Sem tirar os olhos do contratador, a ver até que ponto poderia chegar com segurança, começou a cantar um lundu de barrigada.

O sargento é que não se agüentou mais:

— Xica... pelo amor de Deus, Xica!

E Xica, indiferente ao amo, ao desespero do amo, rodava e gingava... gingava e dançava...

Sacrificando seu enorme capotão, que não deixava nunca, Mucó foi obrigado a cobrir a mulata enquanto, de fora, rompiam excitamentos e bisbilhotices. Todos a uma, correndo de um lado para o outro como baratas tontas, já invadiam a sala das audiências privadas, coisa que nem Cabeça conseguia evitar.

Dona Hortênsia, lábios franzidos em grandes revoltas, os olhos rasgados de espanto, crescidos, forçando mais tamanho nas comissuras, matavam Xica nuinha da silva. A boca torcida pedia socorro:

— Aqui-del-rei, que há maluquices! Seu guarda... seus guardas, segurem essa louca!

— Mas que despropósito! — ruminou baixinho a senhora baronesa, ao notar que Xica deitava a língua fora para os mais indignados.

Ouvindo, Xica destemperou:

— Que qui tu quer também, baroa de merda?

Cheios, os olhos, da figurinha da escrava debaixo desse novo jeito, o capote do Mucó arrastando no chão, as mangas engolindo as mãos por demais expressivas, mexendo ainda no compasso do lundu, o passo dengoso ao ser retirada do salão por Cabeça, João Fernandes era a única pessoa tranqüila, ali.

Mas, mesmo indo embora, Xiquinha gritava, olhando pra trás:

— E eu sei muito trem... não é só dançar, não! Eu sei bater bolo... catar cafuné... eu sei...

Justiça, justiça, esta parte final foi toda improviso e não plano feito: brotou bem ali porque, de repente, Xica sentiu que João Fernandes, certo como favas contadas, havia de tomá-la ao amo que prosseguia justificando-se, vozinha apagada, as mãos soltas no ar:

— A negra é minha... É verdade... que fazer? Mas culpa não tenho... Homessa! Não tive... Ninguém acredita!...

Despedindo-se com um olhar pícaro da figurinha alegre de Xica, a se debater fingidamente nos braços de fingidas forças de Cabeça, João Fernandes pigarreou grosso e retomou a audiência:

— Só esta, agora, faria rir um homem tão carregado de preocupações... — Voltando-se para os dois, novamente à sós na sala, explicou: — Já passou! Deixemos a ladina em paz! Que ela tem sua graça, lá isso, tem... e muita!

— Mas, sargento, falávamos...

— Falávamos?... Sim... é claro! Exatamente... falávamos, homessa! ... no atraso do recolhimento do quinto real, pois não? Coisa sem razão... Relativa aos dois últimos anos... Desde 56, não é? Vamos a saber: por que o atraso?

— Realmente... homessa! O atraso. Há o atraso. Não se pode negar... — O interpelado fazia gestos largos de abrir e fechar os braços, de colocar as mãos paralelas. — Tenho para mim que a coisa gira em torno da falta de segurança por esses caminhos... está tudo infestado de bandidos... A presença do Teodoro, talvez...

Mucó aproveitou a deixa:

— Bem! Bem! Isto é uma verdade. Afianço-o eu! Mas não somos os responsáveis... Até pelo contrário: evitando as remessas, evitam-se os saques! Quem tem a ver com a segurança nas estradas? Não se poderá culpar ninguém por isso... é que... ora sebo!

João Fernandes se divertia: queria era apertar mais. Interrompeu o intendente:

— O atraso deve-se particularmente a maus negócios, não é, senhor sargento-mor? — O sargento percebia bem o que o contratador estava dizendo. Cada vez mais embaraçado, resolveu concordar. Quem sabe se poderia sair por aí?

— Sim... com efeito... sabe o contratador... Há traidores... Traição do ouro, homessa! Mas, creia Vossa Excelência que, já agora, com Vossa Excelência na terra... breve... muito breve mesmo, tudo se...

Desconcertadamente, João Fernandes estacou a fala do outro com um aceno amigo. Pronto! Já tinha obtido o trunfo que queria. Mudando o tom das palavras, barafustou por outro assunto:

— Sabe Vossa Mercê, amigo sargento — e fez uma pausa propositada. — Cá, queixo-me, apenas, de solidão! Um homem só... imensamente só. Sem família dentro de casa... Sem ter quem lhe cuide... lhe faça uma comida melhor... um, enfim! Olha, sabe? Essa sua ladina...

Ao perceber claro aonde o homem queria chegar, o sargento ficou curioso: "Vá pra puta que o pariu que você só veio aqui para fazer uma sacanagem em cima de outra?" Mas o pensamento do sargento externou-se apenas na forma de um sorriso passivo. João Fernandes sorriu, percebendo bem todo o seu metabolismo mental. Deu um tempinho para continuar:

— Essa sua ladina convinha-me. Calhava bem cá em casa. Xica... Xica, não é? Já que a Xica é meio aluada, com alguns parafusos a menos, quem sabe lá? O certo é que a menina calha-me!

Desorientado, o sargento largou a fingir pânico:

— Deus me livre e guarde de vendê-la a Vossa Excelência! Ou a dar-lha, que seria o caso. Havia de ser um terremoto pior do que o de Lisboa! Excelência, a Xica mata-o! Simplesmente, mata-o!

— Faço o preço, amigo. Pouco me importa morrer. Já escapei de muitas e boas!

— Não serei eu que me torne um criminoso... e logo na pessoa de...

Vendo que as coisas poderiam pegar melhor por esse lado, sem muito prejuízo para o compadre, que uma ladina a mais ou a menos pouca coisa representa, o intendente interveio aflito, agarrando-se à oportunidade:

— Sim, oh compadre! Já que o senhor contratador prefere assim, é dar-lhe essa satisfação! Afinal será um prazer... Se a Xica lhe calha, é vendê-la imediatamente. Ou dar-lha, conforme vosmecê mesmo aventou, com muita razão, ora sebo! E tem mais: num piscar de olhos, o senhor contratador há de metê-la por justos caminhos...

— É que... sinceramente, preferia conservar o diabrete! A falecida tinha-lhe afeição... apego... — mentiu, desde que Aninha (Deus lhe fale na alma!), o Pompom Cheiroso das ingênuas concessões em transpiradas noites de acalanto, jamais conhecera sequer a sombra da mulata azevieira — muito apego... o filho... o Zezé... o peralvilho...

Conformado em paciências seguras, que nem gato abocanhando rato, João Fernandes martelava de leve:

— Enquanto os amigos pensam na transação, quero dizer-vos que, dívidas particulares, em minha gestão, não tiram o sono às pessoas que eu estimo, como é o caso aqui. Na verdade, as coisas bem apuradas, em uma devassa, por exemplo, que eu posso ordenar uma devassa, podem dar até em degredo para a África, senão coisa pior! Eu, mesmo sendo íntimo do Pombal, o que não quero é ver amigos em apuros. Isso, não! Nunca! Comigo, por aqui, dinheiro é o que não faltará... — Malicioso, tal como quando se referiu à sua intimidade com o marquês de Pombal, acrescentou, particularizando: — Ou vai faltar, senhor sargento? Então? Por falar nisso: já resolveu Vossa Mercê quanto me vai pedir pela mulata?

Só dona Hortênsia, ainda em gritos do lado de fora do salão, exigia castigos horrorosos para punir a desavergonhada moleca... queria ordem... pedia respeito... suplicava por um copo d'água com bastante açúcar para o seu delíquio iminente...

44

Já em casa, agasalhado pelas paredes amigas, livre da estopada brutal que o João Fernandes, filha-da-puta, lhe atarraxara na cabeça pouco dada a raciocínios, o sargento-mor dava largas ao dissabor da grande perda. Nunca mais sua Xiquinha havia de lhe aplicar aquelas fricções suaves com seus cheirosos manusdeis...! E além da queda, o coice: pois não é que o porras-vacão do compadre ainda o obrigou praticamente a dar corpo de realidade à sua frase impensada e oferecer a menina de presente ao contratador?

— De presente, homessa! — O sargento coçava o saco com desespero. — Merda! — Mas vendo Zezé atravessar o pátio interno da mansão, olhos querendo chorar, passou a mão numa vassoura e atirou-se ao encontro do filho peralta:

"Venha cá, vagabundo!", chamou da varanda mesmo.

— Eu?! Vagabundo?! — Zezé estranhou o repentino da ira. — Vagabundo, por quê?

— Venha que eu lhe casco, fia-da-puta!

— Que se passa, senhor pai? Nossa Senhora!...

— Por tua causa, sacripanta das dúzias, por tua causa, acabei de dar a Xica ao corno chifrudo de merda do contratador! Por causa das surras que você... — Por associação de palavras, o sargento vibrou o cabo da vassoura no ar, estourando de raivas. — Ah... se tua mãe fosse viva! Isso não aconteceria, não!...

— Surras?! Por causa das surras, diz Vossa Mercê? Eu?! Surras na Xica?! Juro por Deus que nunca em minha vida levantei um dedo para açoitar Xiquinha! Nunca! — E, fugindo à agressão paterna, saltando aos golpes violentos da vassoura, reforçou sua afirmação. — Pergunte Vossa Mercê a ela!

— Pergunte a ela? Diz você? Nunca maltratou... castigou... Nunca?

Subitamente, embora não fosse dos mais acordados no refletir, o infeliz ex-dono da Xica da Silva percebeu toda a verdade, brilhando clarinha, no estalo de um relâmpago:

— Homessa! — Sentando-se em um degrau da escada, pediu: — Me diga uma coisa, meu filho... mas diga com sinceridade ao teu pai: quantas vezes você e a Xica... heim?

— A verdade? Vossa Mercê, senhor pai, quer a verdade?

— A verdade! — e a voz tremeu pela certeza da resposta do filho.

— Quase todo dia.

— Com a tua idade? E você... já? Já, menino? Já fazes disso? E com as competências? Fazes com as competências?

Zezé sacudia a cabeça que sim, vagarosamente, encabuladamente...

— E fazes aquelas loucuras...?, as loucuras da Xica? Aquelas que eu ouvi dizer que só a diaba sabe...? — A explosão não tardou. — Traste ruim! Tu e ela... os dois! Vagabunda! Cadela de cachorra! Se eu ainda pudesse... Porcaria do diabo! Traidora! Traidores vocês todos... e eu... e eu... sempre tão pronto... tão... cordato...

— Deixa pra lá, senhor pai. Afinal essa negrinha...

— Era contigo... era comigo...

— Com Vossa Mercê também?! Era com o arraial... com a vila em peso... com a comarca! Aquilo vai longe... e, como não é de perder tempo, já deve estar, uma hora dessas, enfiada na cama do valdevinos...

— Já deve estar começando com o filha-da-mãe... Se calhar, esta noite ainda...

— Agora mesmo!...

E os dois se abraçaram com força, com igual dor e com o mesmo fundo desespero por terem perdido definitivamente sua Xica dos mil carinhos, das mil molecagens e dos mil sexos...

Nos degraus da escada de pau que descia da varanda para o pátio interno da velha mansão, pai e filho deixaram que a noite viesse vindo, devagarinho, para agasalhar tão grande desventura...

45

Bem nessa noite, conforme desconfianças de Zezé, na solidão da varanda da Casa do Contrato, João Fernandes de Oliveira terminou de fumar um charuto importante por grosso. Escarrapachado no silhão de couro de vaca, herança nefasta dos Caldeira Brant, seus antecessores de tão ruins desencontros, ouve ainda, desde que a tarde caiu de todo, em uivos de cores desvairadas, por detrás da serra do Itambé, ouve Xica falar sobre sua vida, contar coisas frescas da terra de encantos, dizer uma porção de mentiras ingênuas, sutis, tão bonitas que jamais poderiam ser verdadeiras...

A voz da escrava, agachada na soleira da porta, ali ao alcance guloso da mão, tem quase gosto: sibila nos sustos, soluça nos sestros, nas exclamações, se espanta sozinha com falas malucas, com frases inteiras de mel e alcaçuz, excita as vontades do sexo ninado só nos assoprados das sílabas quentes... E, com o achegar da boca mais perto, nas sublinhações de algumas passagens pedintes de tinta, fazia incensar de cheiros dolentes que viram fluência de orgasmos silvestres, orgasmos de frutas azedas, maduras, nos íntimos gratos do contratador.

E Xica, miando ao pé da cadeira, tocando os seus pés nos do novo amo, subindo, ao de leve, nas mãos descuidadas carícias incultas, remotos de selva, roçava veludos do peito, amornado em ternos sossegos, no corpo cansado de João Fernandes.

Contava, por isso, mais lendas bonitas, nos rudes das quinas antigas, gregárias, de um chão singular de muitos mistérios. E Xica contava. Contava e sorria. Sorria e chorava e se comovia, os olhos brilhando na noite que entrava por toda a varanda. Chorava e fazia trejeitos sem termo, e pousava seus lábios escuros, de gosto picante de fruta de vez, em úmidos cheiros de sumos selvagens, nas mãos do senhor; nas mãos e nos pés; nas pernas e braços; nos imos recantos de assombros perdidos. E na esfregação ligeira por leve, Xica narrava a lenda bonita (em suas palavras, não nessas daqui):

No tempo em que os bandeirantes de Tomás Bueno invadiram as terras virgens do Ibitira, os índios foram se esconder atrás da vertente do Pururuca. Uma acaiaca muito grande e muito velha ficou sendo a divisa entre puris e brancos. Dias de festa, os puris se ajuntavam debaixo da árvore. Então, uma índia sagrada, toda coberta com penas amarelas, dançava pra eles. Depois, ia se banhar no rio. Só que ninguém podia ver seu corpo. Uma noite, três homens brancos, que andavam minerando ouro numas grupiaras, deram com a moça nadando venturas nas águas do Pururuca. Como ela era muito bonita, os brancos quiseram agarrá-la mas, por mais que corressem, não conseguiam alcançar nem a sua sombra. Dias depois, companheiros foram achar os três ainda correndo em roda da acaiaca. Pareciam fantasmas esfarrapados. É que, só os três, estavam vendo que a índia, em cada volta que dava, ficava mais perto de suas mãos aflitas. Tanto correram que a árvore encantada já subia dentro do sulco que os pés da perseguição iam afundando ao seu redor. Os companheiros, com raiva, derrubaram a acaiaca. Como castigo, em noites de lua grande, quando nuvens brancas correm pelo céu que nem a indiazinha, pajé Piracaçu aparecia bem nas raízes da árvore derrubada, virado em enorme bode negro que saía em disparada, de dentro de uma língua de fogo, e tomava o rumo das terras dos brancos. De repente, junto a um córrego ou um poção qualquer, estacava e ficava parado um bando de horas, em cima de suas patas ajuntadas, olhando futuros até amanhecer. Quando o sol chegava, o bode era levado por uma ventania. Logo, os brancos desensofridos corriam para o lugar do encantamento, começavam a cavar em desesperado turbilhão e encontravam um mundo de pedras brilhantes. Enlouquecidos pela ambição sem paradeiro, atiravam-se uns contra os outros, praticando os piores crimes, injustiças e covardias. Então, o bode, transformado na virgem encantada, voltava para o lugar onde tinha existido a velha acaiaca frondosa para se rir dos aventureiros tomados pelo ódio e pela desgraça. O encantamento só terminou quando um padre pretinho, que tinha sofrido muito porque tinha sido escravo de um senhor muito mau, levantou um cruzeiro no justo ponto da aparição. A índia sumiu pra sempre mas os homens brancos, perdidos pela ambição, nunca mais se entenderam na briga sangrenta pelas pedras da maldição. Até hoje, quanto mais se garimpa por esses grotões malditos, mais diamantes aparecem para a desgraça do povo.

46

Quando a voz de Xica morreu mansinho no escuro da noite, como a índia, no alto da vertente, João Fernandes ergueu-a muito devagar e beijou-a suavemente na boca.

47

Xica, as amêndoas negras dos olhos voltadas para as estrelas que se viam dali, enormes como rosas de luz, sentiu que não só já havia conquistado sua carta de alforria, como ganho de presente seu primeiro escravo de verdade. E pediu, quase como um sopro de flor:

— Tu me dá um sapato branco?

Quando que Xica dormiu uma noite em cama tão milionária, de lençóis de linho em cambraias fininhas, em panos mais alvos que as almas de Deus, em fartos bordados, colchão de farelo cheirando a macela, dentro das alvuras de pura alfazema de um mosquiteiro de renda francês? E com travesseiros em montes de luxo, de penas e trapos com perfumes sutis? E, no quarto, bacia florida de prata e mais urinol de louça da Europa com rosas pintadas de todo o tamanho, com frisos e bordas douradas a fogo? Quando que Xica...?

48

— Ufa! Xiquinha, meu Deus! Meu amor... Você me acaba, menina sabida! Assim, nem na França, acredite... Me diga uma coisa: como foi que você aprendeu isso tudo? Quem te ensinou a fazer o que fez? Nem eu mesmo sabia...

Xica se ria, divertida e segura. Se ria e insistia:

— Bobagem, sinhô! Mais uma vez... uma vezinha, vá, deixa, seu bobo... deixe eu fazer...

— Não! Não, Xica, chega! Já não posso mais! Eu morro, menina... Não! Não... por favor...

Mas Xica, terrível, fazia na força, no jeito de ser, no tombo do corpo.

Rasgava a camisa do contratador, querendo vestir-se pra se defender.

E riam-se os dois.

E Xica lembrava Zezé, tão menino, no estouro da idade mas tão frouxo já! Pior do que o pai, mas tão bom menino... Saudade de Xica pairava em Zezé.

— Nada empata, não, João Fernando, uai! É assim mesmo, você sabe? Vira assim. Agora, pra lá... — Xica forçava o amante nos descaminhos rasgados do sexo florido na raça estrumada na África. E Xica lembrava de mais novidades aprendidas com o padre que lhe pôs um filho na barriga novinha, quando ainda não tinha nem jeito de gente...

João Fernandes é que se aproveitou de um corte na ação que Xica lhe impunha a seguir: vestiu o seu chambre azul riscadinho!

— Que roupa engraçada! — Xica estranhou, na gozação, recordando-se do padre sem nem um rancor. O padre era grande, uma enormidade! — e riu-se, perdida de tanta alegria.

— Só o que me admira, João Fernando, é tu, um homão dessa altura, um peito tão largo, ter um trem tão piquitito assim...

Com os dedos, mostrava o tamanho do trem. Pelada de todo, sentou-se na cama:

— Amostra pra mim! Deix'eu ver de novo! Amostra, uai, gente! — pediu numa gargalhada sadia e feliz, como se nunca tivesse sido outra coisa nos avessos duros da vida de escrava senão dona mesmo do dono de todas as riquezas do Distrito Diamantino, o único mundo real do passar de seus dias. E não fazia nem vinte e quatro horas que Xica estava ali!

49

— Como é a sua mulher, João Fernando? — Xica fez a pergunta na outra noite quando o arraial em peso começava a tomar sabença da novidade.

Mais espantado ainda com os progressos de Xica do que propriamente com a presença do contratador, coisa que ia para um ano, não havia na terra, o povo começava a passar-repassar, sem qualquer motivo de corpo ou tamanho, ou hora acertada, pela porta fechada da Casa do Contrato, na esquina da praça com a rua Direita, onde, lá dentro, Xica plantava a sementeira de seu futuro império. E plantava com segurança e ordem, com as firmezas que Deus lhe deu. Em seu primarismo inculto e desinformado de tudo — até do nome correto de seu homem — mas tão caprichoso como desregrado, saindo fora e cortando por alto todas as regiões só vasculhadas por sua fantasia sem fim, Xica avançava sobre seu futuro! E, isso, desde a primeira hora na nova situação.

— Como é ela? Me conta, uai!

— Minha mulher?! — João Fernandes estranhou a pergunta, sem muito propósito. — Que minha mulher?

— A que tu deixou em Lisboa, uai!

— Não sei, Xica... verdadeiramente, não sei mais. Com você, não consigo me lembrar de coisa alguma! Deix'eu ver... ah! Já sei!, é triste, pálida e fria. Soturna, Xiquinha! Sempre doente... sempre se queixando... Branca feito leite coalhado. — João Fernandes tenta rir com esforço.

Xica escuta com muita atenção. Uma ruga na testa dá-lhe um ar engraçado:

— Soturna? Que qui é soturna? É como que vai chorar? É?

— É como quem tá chorando, Xiquinha, meu bem! É como quem já chorou...

— Você acha que eu sou soturna?

— Você? Não, Xiquinha. Se há alguém no mundo que não seja isso, é você.

— Então, por causa de que tu não me dá um sapato branco?

50

Realmente, entre todos os luxos já comprados por João Fernandes, compras que já esgotavam o comércio local e de em roda, não estavam incluídos os sapatos brancos. Nem mesmo outro qualquer par de sapatos, além das muitas chinelas e pantufas de seda e cetim, de ricos brocados, de couro ou pelica...

Não por falta de idéia ou de vontade do contratador em servir Xica, a sua querida Xiquinha, nos mínimos detalhes. Como muitas outras coisas que estavam faltando, mas já urgentemente encomendadas à corte, estavam os sapatos, pra mais de vinte pares.

É que, para o número dos pés de Xica, espalhados por dezoito anos de contato diário e direto com as quinas do chão, não havia um só par em todo o Distrito...

51

Pra danação do povo, cada dia que passava, mais diamantes eram achados pelos homens do contratador. Até mesmo nos buracos, faz tempo, esgotados. E João Fernandes crescia em ouros e amor!

52

— Olha, Tonha, quando ajuntar gente debaixo das minhas janelas, gente branca, dessa nojenta, a querer mexericar, você jogue um urinol cheio na rua. Se não tiver urina, joga água suja mesmo, mas jogue qualquer coisa em cima!

Fiada em Cabeça, olhando seus olhos diluídos em absurdos de submissão, Xica mandava.

E Tonha, gorda, era fácil de obedecer.

Como clara e gema de um mesmo ovo, a revolta popular contra Xica nascia com os primeiros sinais, ainda guardados no lar, de seus mandos de limites imprevisíveis, por aquela ocasião.

Dona Hortênsia, a primeira a abrir guerra esconsa, embuçava no oculto, fez sua primeira carta ao Pombal. Dizia horrores mas, quando podia, gostava de ser notada por Xica. E as cartas começaram a se suceder, seguindo para Portugal, cada qual com um nome, pedindo justiça, dizendo ameaças, contando mentiras...

Despeito em reservas, invejas guardadas, e intrigas por fermentar, era o que não faltava naquela gente toda, sobretudo das poderosas irmandades e da rica nobreza provinciana. Pois foi exatamente tudo isso que Xica acordou e pôs para funcionar, com muita satisfação até, quando deu partida para sua nova vida de dona do dono dos diamantes das minas gerais...

53

Já ia pra um mês que as coisas na casa do contratador iam nesse pé. A corte de Xica dilatava-se aos poucos. Partindo de João Fernandes, passou a dominar Cabeça. Depois, Tonha, Chiquinha e Zefinha, seus companheiros de cativeiro de alguns dias passados e, agora, escravos de seus mil caprichos. Figênia, foi mais tarde. Chico e Paulão também já se haviam rendido às vontades da nova ama.

E, assim, bem nesse passo, muita gente livre de ao redor também já chegava pra tomar a bênção, pedir um conselho, um favor, deixar obediências... Mas, de admirar é que a carta de alforria de Xica não vinha. Nem ela, é verdade, sentindo-se senhora, se apressava para obter um papel que, de há muito, já lhe era lei mesmo.

É que João Fernandes também tinha seus planos.

54

Um dia, Xica ouviu Chiquinho chorando.

— Uai! Que é isso, moleque?

— Foi Tonha, nhá, sim! Bateu muito em mim sem nem ter razão! Me deu muito tapa, me deu correiada... chamou de...

Caso apurado, foi falta de Tonha. É que, lá na adega, cheinha de vinho, a mucama de dentro deu com os cacos no chão de uma garrafa de nome francês. Como quem zelava por aquilo era Chiquinho, entrou numa surra. Depois foi que se viu que uma ratazana, fugindo do gato, quebrou a garrafa.

Xica levou Chiquinho na adega:

— Menino, não chore que tu não teve culpa. Tonha bateu sem ter precisão. Agora, não pode tirar as pancadas, uai! O jeito é você quebrar mais essas garrafas... Vai quebrando e, se não quebrar, tu apanha mais!

Chiquinho quebrou quase dez das garrafas...

— Agora, já chega! — Xica mandou. — Tá paga, e bem paga, a surra que Tonha lhe deu. Tu não chore mais. Vai tomar café que tudo acabou!

55

Os negócios da exploração não traziam novidades. Sem muito interesse em reprimir o contrabando e prender garimpeiros — que João Fernandes não era desmedidamente ambicioso, e faiscador avulso era gente da simpatia de Xica —, mesmo assim, a fortuna entrava-lhe pela porta da casa aos borbotões sem termo.

A coisa andava em tal pé de sorte que, pelas ruas já se comentava que João Fernandes tinha parte com espíritos de pretos velhos; que tinha trazido, de Portugal, um aparelho oculto para indicar onde estavam enterrados os diamantes; que a alma do pai guiava-lhe os passos...

Dona Hortênsia, sempre a mais sabida de todos, jurava que um frade chinês, ao morrer, ensinara-lhe uma oração para ser rezada na hora do pôr-do-sol.

O fato é que João Fernandes era um homem de sorte: as minas do ribeirão do Inferno e as do Fanado, abandonadas fazia dez anos por inúteis e já estéreis, voltavam a produzir com toda a força, obtendo índices jamais alcançados, ainda que no auge da exploração antiga. E os outros locais que seu capricho supersticioso escolhia para explorar, embora sem qualquer indício que os recomendasse, abriam-se em pedras puras como bênção divina e só faziam transbordar mais dinheiro ao monopólio.

56

Foi então que Xica, inteligente também para o negócio, começou a tomar pé no terreno. Com mais uns poucos dias, já se conhecia tanto os assuntos de extração de pedras, como os menores meandros de seus recolhimentos bastantes marotos ao erário d'el-rei.

Já senhora de todos os macetes destinados a engordar o bolso particular do contratador, Xica penetrou fundo pelo terreno das ilegalidades. Teodoro passou a ser um símbolo respeitado e olhado com grande tolerância. Xica tornou-se exímia conhecedora da vida do garimpo e da técnica dos contrabandistas.

Para tanto, aprendeu a avaliar de longe a boa mercadoria. Mas Xica queria era se instruir mais!

57

Mesmo antes de lhe ser passada a carta de alforria, coisa que ela, sem interesse direto em obter, conforme ficou esclarecido, desconfiava haver um motivo grato para o retardamento, Xica pediu a João Fernandes um professor de boas maneiras e coisas gerais:

— Mas não quero troço de me judiar muito a cabeça, já viu? Quero ter quem me ensine onde é Paris e como é a corte, por dentro. O mar! Quero saber como é o mar, que cor tem, que jeito... Os navios. Quero saber também, bem depressa, como é que se lê e escreve uma carta. Como é que a gente cumprimenta os outros com aquelas besteiras de fingir que vai cair e segura a saia. E como é que a gente pode fazer para que esses marotinhos leitosos e essas gatas sararás fiquem filhas-da-puta de raiva da gente.

58

— Afinal!

Afinal chegou o comboio de cargueiros da corte, inteiramente consignado à casa do contratador.

Dia seguinte, na hora do recreio dos dois na varanda bonita da Casa do Contratador, toda lardeada, de um lado, por uma vigorosa videira portuguesa, João Fernandes ergueu-se do silhão predileto com um "Pois é isso, minha filha!"

Xica ficou olhando na certeza de que ia ganhar uma surpresa encorpada. Se riu uma graça quando o amante fez-lhe um sinal misterioso para que ela esperasse um instante.

Entrou e, de dentro, gritou brincadeiras:

— Vá, negra escrava, cativa, moleca fugida... Vá fechando os olhos que é pra apanhar de relho na bunda! Não sejas ladina que eu vou te vender pra teres labuta no cabo da enxada, de sol a sol, tá me ouvindo? Te ris? Pois espera lá que eu te curo!

João Fernandes regressou trazendo uma caixa de papelão, escrita em estrangeiro, com letras bordadas, vermelhas e douradas, com moça se rindo, corada, na tampa.

Com a caixa, trazia, também, um grande envelope lacrado que Xica adivinhou logo se tratar da desprezada carta de alforria. Xica ficou olhando sem surpresa. Qualquer escravo sabia que envelope assim só era a liberdade. Mas que liberdade Xica queria mais?

João Fernandes colocou a caixa, com o envelope por baixo, no corrimão da sacada. Pegou Xica na soleira, onde ela gostava de se assentar, e colocou-a no silhão, com toda a ternura.

Entre carinhos sem medida de ponto, ajoelhou-se humildinho, tomou a caixa e abriu-lhe a tampa. Depois, com cuidados de quem toma nas mãos uma pomba ferida, tirou lá de dentro os sapatos brancos, forrados de cetim de seda rosa-macau. Junto com os sapatos, um par de meias cor de pérola, também de fina seda.

Os sapatos da encomenda, como tudo de resto, era o que de melhor havia no Rio de Janeiro. Fabricados em Paris. Saltos de madeira, bicos agudos voltados para cima, com mais letras de ouro e figuras de moças nas duas palmilhas.

59

Primeiro, com a habilidade e galanteria de um profissional cortesão, João Fernandes vestiu as pernas de Xica com as meias caríssimas. À proporção que ascendia com as meias no desenrolar da seda, semeava beijos ardentes de amor por todo o caminho, entre pés, tornozelos, joelhos e coxas. No alto das pernas, prendeu as meias com ligas cor-de-rosa, guarnecidas com quatro pequenos querubins de louça que se beijavam na boca, de dois em dois, num puro requinte de graça gentil. E como já não havia mais pernas nem coxas pra João Fernandes beijar, ele beijou as duas ligas, vagarosamente, já colocadas em seus lugares. Por fim, com amor e ternura, beijou justo na interseção.

Xica, se rindo de cócegas, permitia tudo, brincando com os pés, apertando os braços em torno da cabeça de seu senhor amo tornado em escravo de seu muito encanto.

Passiva, passiva, fêmea costumeira, gozando direitos devidos por claro, Xica sorria, feliz, redentora de machos derrubados...

Então João Fernandes, feliz por rendido, levantou-se de novo e distanciou os olhos um pouco, em busca de ângulo para a visão total e perspectiva mais ampla das pernas de Xica, vestidas de seda pela primeira vez em toda sua vida. Xica olhava o Itambé distante. O contratador beijou-lhe a mão. Subiu-lhe o vestido com devotamento para rever, feliz, as ligas e o canto perdido dos beijos. Aprovou o quadro e passou aos sapatos: ajoelhou-se outra vez, pegou delicadamente um pé pelo solado, o salto pra dentro, pra palma da mão. Mas teve um presságio: será que entraria? Tão fino o sapato, tão largos os pés? Foi Xica que fez quebrar a pergunta: com muita vaidade, sem vacilações, em gestos de asas, ofereceu-lhe os seus pés, já bem calçados na trama das meias.

O contratador ficou triste, prevendo o fracasso que, pelo que via, seria iminente. Tentou, mesmo assim, introduzir um dos pés no sapato branco. Foi custoso o começo! João Fernandes, coitado, decepcionado mais pela tristeza que poderia causar à sua mulata, forçava o sapato, arreganhava-lhe as bordas, rompia o cetim, vergava-lhe a sola, suava, bufava, mas o sapato, já se deformando, não ia além do rude calcanhar, inchado nos rombos, rachado mui grosso.

Xica é que, soberana, certezas de força, não tomava fé da coisa. Se ria e, às vezes, por muito favor, inclinava a cabeça pra ver mas, só isso, nem mesmo ajudava com um esforcinho, pequeno que fosse.

Por fim... Ah! *Deo gratia*! Entrou um pé, sim. Viva! Que beleza! Bonito, não é mesmo? E João Fernandes, gozando vitória, partiu pra outro pé.

Novas lutas se travaram! Sem esmorecimentos, em novas tentativas e novos artifícios, o contratador decidiu calçar o outro pé.

Desta vez, mais difícil, talvez por cansaço, até pó de talco o contratador usou sobre a meia de seda brilhante...

Quando sentiu o outro calcanhar de Xica indiferente tomar acomodação na concha da calçadeira, apertou o peito do pé da mulata com força pra baixo. Xiquinha fez — Ai! Assim tu me machuca... tu me fere, uai! —, mas cheia de dengo, beijou a cabeça que tanta força fazia. O fato é que, de repente, escorregando no pó e na seda da meia, o pé assentou no talão do sapato.

João Fernandes se abriu num sorriso humilde; feliz pela Xica, esquecido da cena grotesca. Devagarinho, levou ao encontro de seus finos lábios os lábios negros e carnudos de Xica.

O beijo foi doce, sem hora e sem pressa, em sugados turbados porque atingindo o cume do amor. Fernandes se viu, nos olhos de Xica, no bojo redondo da lágrima mansa, regada em purezas de muita gratidão:

— Meu homem... que bom! — gemia a mulata. — Que lindo! É demais! — Os olhos de Xica comiam os sapatos. — Que quanta ventura... nem sei o que diga... Tô chorando, uai!

Se Xica chorava era de felicidade, uma primeira lágrima de fé no futuro, um primeiro sapato pros caminhos da vida...

— Meu homem... — e Xiquinha chorava ainda mais olhando pros pés.

60

Erguendo-se do silhão, Xica pôs-se de pé. Difícil tarefa! Rangendo nas solas, batendo nos saltos, o bico apertava! Doía nos pés, ardia nos lados... João Fernandes ajudou-a carinhosamente a dar alguns passos.

— Mulata querida! Agora, mulata, minha mulata, veja sua carta! Até já esquecia... — e passou-lhe a alforria, em letra escorreita, chorando também de tanta ventura. — De agora em diante, menina, meu bem, você é tão livre como o papa ou o rei... como eu, talvez mais!

Xica se rindo, beijando o amante, nem se importou de olhar o papel:

— Ora, eu já era, meu amor querido! Já era desde quando lhe dei aquela rosa... Senti a certeza que eu era só tua e que tu era só meu...

Mas foi só quando, atrevida, ao largar o braço de João Fernandes para dar seu primeiro passo, sozinha, calçada em sapatos, Xica sentiu-se realmente independente. Daquele momento em diante, seria uma senhora dama e a mulher mais poderosa de todo o Distrito.

Ah! — pensou ansiosa por suas vinganças. — Agora, sim! Agora é que essas brancudas coalhadas, cagonas de merda, hão de ver o diabo comigo nas proas. E eu não vou ter pena!

61

Mais do que a carta de alforria — que conforme já se disse muito, Xica dava pouco merecimento ao preto-no-branco das leis dos marotos —, aqueles sapatos brancos foram um sinal dado para que o império testudo de Xica-Cigarra ganhasse, em carrossel, o burburinho eclético das ruas.

— Tonha, que festas que vêm por aí? Que novidades se diz e comenta na subida do São Francisco? Quero saber o melhor que é pr'eu dar o toque mais alto. Me veja depressa, negra assanhada! Quero subir mais alto do que o Mucó ou o pároco da igreja do Carmo, uai! Quero que todo o arraial me olhe com raiva e com olhos de inveja! E me beijem os pés! Sim, Tonha, ainda hei de ter os pés mais finos do que dona Hortênsia... Tratados à mão de portugueses brancos! — berrava Xiquinha pelos corredores, deitando mais euforia do que noiva da corte.

Tonha explicava, sorriso-paciências nos lábios sofridos de negra apanhada nos eitos de cana, dos chãos da Bahia; negra sofrida, agora feliz no seio seguro da ama de cor: explicava que, de festa de vera, tirante a Paixão, a mais encarnada nas danças, nos doces, na bruta quermesse que se anunciava desde um mês atrás, é a festa que vinha, depois da missa cantada, na Igreja do Carmo dos brancos reinóis.

— Entonce, siá Xica, domingo que vem a festa furgura!

— Pois vou a essa festa, está decidido. Eu vou nessa missa de brancos safados! E eu vou pra quebrar qualquer saliência, uai! Quero ser a primeira!

Depois, alegrias, mandava:

— Bem de manhãzinha, Tonha, minha filha, prepare meu banho na banheira nova. Me chame Zé Gato pra mexer nos meus pés, cortar minhas unhas, botar verniz nelas... Fazer fricções com mezinhas quentes... Pra serviço rasteiro, só quero criado bem branco, nascido em Lisboa! E chame também os músicos amigos de João Fernandes, o mestre Raimundo e o branco Matias, recém-chegados ao nosso arraial. Quero música bonita, em rabeca da corte, uai! Quero escutar música enquanto banho o meu corpo, me visto, com demora, pra dar meu passeio e atochar de invejames os sacanas brancudos que pisam seus negros por perversidade! Eu quero é cuspir meu sarro de fumo na velha baroa cagada de cal; e nesse Mucó que ousa pensar que manda em meu homem, eu quero é... tá bom! Mais tarde, com tempo, eu vou cuidar dele! Quero é esfregar meus pés de sapato na careca do pároco gordo e encatarroado de só sabujar a bunda dos ricos da irmandade safada!

E Xica se ria, gozando ameaças.

62

Pois foi muito assim: Xica-Loucura marcou o domingo pra missa esperada e havia de ir de cadeirinha nova, o Chico e o Paulão pegando os varais; com suas mucamas mais moças, vestidas bonito, a pé, a seu lado, em fila morosa.

Tonha e Zefinha viriam na frente, com rosas nos braços, as coifas rotundas, alvinhas nos panos, sobre as carapinhas picadas de ouro. E Xica, peruca de cabelos louros, trançados com garbo, conforme a exigência, havia de ir vestida em brocados de longos bordados, a saia, enfestada de franjas, pesada com tudo de avio que veio da Europa...

63

Foi muito de assusto que Xica parou em seu pensamento de planos formados: a missa do Carmo, que coisa mais linda! a igreja acesa de velas de cera cheirosa, da Itália. Incenso torrado em turíbulos de prata novelando perfumes pelos quatro cantos... que luxos! Só vendo! Os ouros das esmolas enchiam as caixinhas da nave redonda. A missa do Carmo era o que de mais elegante havia, na época, por todo ao redor, ainda que houvesse festa, assustado, serão, funçonata, quermesse ou o que mais... ainda que houvesse retreta ou teatro, ou evento importante, a comemorar. Mas a missa do Carmo tinha um senão: só gente branca, sem mancha de sangue africano, podia ir ver a missa bonita da Igreja do Carmo!

64

Em preparos pra missa, o banho de Xica começou cedinho, conforme desejo bem claro nas falas.

O quarto de banhos a ser estreado parecia até as termas de antanho!

No meio, a bacia de mármore branco que, bem quatro meses, demorou a chegar dos longes da corte, por encomenda de Caldeira Brant, fazia dois anos! O contratador, que foi preso a ferros, por mal do destino, nem chegou a espiar a sua banheira!

Bacia bem cheia de água morninha, com pedras de cheiro, com pó de macela, com sais de Paris, fazia cheirar limpinho e gostoso. Então, entrou Tonha, mais três molecotes, trazendo gaiolas com mil passarinhos. Fechadas as rótulas, bandeiras, postigos, a escrava-mucama soltou a passarada que começou a esvoar por cima de tudo, liberta e contente, cantando triscados.

Depois, entram mais escravas descalças, com túnicas brancas, segundo o ritual da imaginação de Xica-Fabulosa. As negras, sem pressa, rodeiam a banheira, seguram toalhas pequenas e grandes, cremes e potes de toda as cores, e mais sabonetes e leites e espumas, e mais grandes frascos contendo infusões...

Então, chega Xica, o molejo das ancas reflete-se em passos de quem vai dançar; e Xica se despe com graça, se deita nas águas tão cheias de coisas, se deixa esfregar com muitas esponjas, e panos e o mais. Mucamas alisam-lhe o corpo escurinho, acamam-lhe os pêlos durinhos da raça, festejam-lhe os peitos mui anchos e os pés, maceram-lhe os braços; enquanto trabalham, só cantam lundus e canções africanas, gingando ao compasso da música de fora.

Ao sair da bacia enrolada em toalhas, Xica abre a porta e passa à ante-sala, sem se importar com os pássaros fugindo, nem com os olhos ardendo de mestre Raimundo mais do branco Matias (esse, muito pior!). Lá despe as toalhas. A música pára!

— Toquem mais, idiotas! Vosmecês nunca viram mulher peladinha? — E Xica se atira, com muita moleza, por sobre uma montanha de almofadões de todos os tamanhos, feitios, fazendas e cores...

Sem perder tempo, as mucamas a cercam de novo, subindo em banquetas. Mestre Raimundo estica o pescoço e a flauta, sem comando, desafina a valer em acordes perdidos. Branco Matias (esse, muito pior!), indócil nas cordas de sua rabeca, não sabe se vai pra lá ou pra cá...

Por trás do grupo formado por Xica e suas mucamas, Cabeça, impassível, sobre uma escadinha com elegância chinesa de uma ânfora na mão. Dentro da ânfora, por ordem de Xica, alguém já havia dissolvido, em espírito de vinho, pedrinhas de breu.

Mui lentamente, como um ritual, Cabeça se inclina e deixa correr um fio do líquido por sobre a peruca que Xica vestiu. E todas as mucamas, esticando-se sobre as banquetas, a um sinal de Tonha, começam a soprar, por uma só boca, em cima do fio. Assim, pulverizam por todos os lados borrifos da droga que vai bem armar, logo que seque, à força de leques, a cara peruca de Xica-Turbilhão.

Terminada a tarefa, Cabeça desce da escada, beija os pés de Xica e se retira, levando os músicos safados da vida.

As assopradoras fazem o mesmo: uma a uma, dão volta à montanha de almofadas, beijam os pés de Xica também, fazem reverências engraçadas, dentro do cerimonial brotado apenas da imaginação da mulata, e se retiram, sem pressa, gingando os corpos negros, de seios de fora, em passos de dança de candomblé.

65

Vestida por Zefinha e outras pequenas escravas ajudantes, a troco de tapas, beijos e ralhos, Xica-Vingança dos Ódios Dormidos, empurra com o pé, com grande desprezo, a cabeça de Zé Gato que terminou de lhe fazer os pés com esmero.

— Chega, coalhada sarará! — soberana, Xica ordena. — Já bem podes voltar à tua terra que tiveste a honra de beijar os pés a uma senhora que possui todos os diamantes do mundo, uai! Vá! Beija! Beija mais... o outro também, uai! Agora, apanha duas moedas com Cabeça e suma-se! Vá pra Portugal até que eu te chame de novo, maroto!

Rindo-se à saída do Zé Gato, largou ordem grossa a toda sua corte:

— Vamos ao Carmo! — Mas, pensando outra vez nos regulamentos da Ordem orgulhosa, que só permitia a entrada de brancos em sua igreja, encheu alegrinha as coisas de envolta com um largo sorriso: pegou na carta-alforria-segredo, que ninguém ainda sabia do brinde do amo, meteu-a dobradinha por dentro da roupa, por cima do seio cheirando a cambucá: — Esfrego-lhe nas ventas, seu pároco safado! Alguém é mais livre do que eu nessa igreja? Me diga, uai! Me diga... — Era como se estivesse já falando com o padre.

Com muito cuidado em deixar que se visse, à sua passagem, os sapatos brancos, biquinhos de fora da barra da saia, cem vezes alimpados de sombras-poeiras do chão do arraial, Xica entrou na cadeirinha nova.

E, assim, toda cores, gabola e pimenta, partiu muito prosa pra missa do Carmo.

66

A mulher do ouvidor que, da janelinha de dentro de sua casa em frente, assistia à partida de Xica pra missa, apressou o marido com cara de nojo:

— Vai, minha pomba niquenta! Dia virá em que teu homem não te poderá valer mais... — a mulher murmurava raivosa entre seus cacos de dentes. — Nesse dia, outros galos cantarão! — e largou-se em muxoxos de muitos presságios.

67

Pena era só que João Fernandes, desde madrugada, partira com setenta homens para a grupiara do poção do Moreira, onde diamante deu de estrelar mais do que céu em noite sem lua. Era tanta da pedra que cativo labutador já andava dizendo que ia lá apenas lavar os pés, na certeza de que, sem demora, acharia pedra bastante valiosa para que lhe garantisse alforria, segundo o costume de então.

Daí, o poção encantado ficar conhecido, pelos tempos a fora, até rebater nos dias que correm, como por nome de Lava-Pés.

68

Indo pelas ruas, travessas e becos do arraial em festa, dando voltas inúteis para fazer render o passeio de amostração, Xica recomendava aos meninos dos varais, Paulão no de vante, que tirassem bem devagar a cadeirinha frajola.

Mandava, também, que as escravas-mucamas abrissem claros nas filas que a guardavam para que, de fora, tanto das calçadas como das janelas, pudesse ser bem vista no meio de seu cortejo esquisito.

Xica ia feliz! Não via escândalo que satisfizesse nem a sombra de sua expectativa. E o povo reagia já nas margens do absurdo! Escancaravam-se olhos e janelas como rótulas e bocas. Meninos seguiam Xica numa alegria e numa algazarra de ensurdecer. É que ela atirava punhados de confeitos franceses para todos os lados... e atirava moedas também!

Xica encarnava exatamente a loucura de uma época, louca também, sem medidas nem termos, quando chovia diamantes mais do que nunca, por córregos e encostas, graúdos, enormes... João Fernandes era, positivamente, um homem de sorte!

E o povo, coitado! Sem ter nada de seu a única vítima de um governo funesto, tirânico, explorador, beato e crápula, vibrava à passagem de Xica-Teatro!

E vinham apoios mudos de cabeça misturados com sabujices, rapapés cheios de falsidade e inveja, vontades abertas de cumprimentar, de alguém ser visto e destacado por Xica-Foguete, no meio da gente.

E havia narizes torcidos às escondidas, com medo de serem notados por Xica; caras fechadas em reprovações que se abriam, facinho, se rasgavam em sorrisos, à aproximação da cadeirinha bonita. E havia murmúrios conjuntos e isolados a se misturar com risos sinceros, com francos aplausos... Xica via tudo! Xica, picada de cobra em soluços de fogo, gozava com uns e com outros, mostrava os sapatos, pairava no ar a luva de preço, com mais de cem botões de madrepérola rosa; recomendava aos meninos maior lentidão, queria demora na exibição, colher mais aplausos, e ódios e invejas... — Quem sabe se o pároco, pra vê-la chegar, atrasaria sua missa? — encandeada sonhou.

Xica queria, por cima de tudo, o agrado da gente de sua cor, dos molequinhos bem negros, de piche, ranhentos, chorões... Mas queria também, mais ainda e conforme já ficou bem claro no que foi contado, a humilhação das pessoas brancas, sobretudo das bestas da nobreza de merda que, nobres, pra ela, não valiam o peido de um escravo molambento.

69

Tão lentamente ia Xica-de-Cheiro em sua cadeira, que o ouvidor, mais a mulher, há pouco ainda na janela, cortando caminho pra mais esmiuçares, já lá estavam plantados na calçada, quase chegando ao Carmo.

Ao ver o casal, redondo e baixote, Xica brandiu o leque de plumas:

— Adeusinho, doutor! Como vais, Etelvina? — Propositadamente, trocou o nome à mulher que, sorrindo, se comia de raiva. — Havemos de nos ver daqui a pouquinho, pois não, senhor ouvidor? Na igreja... Na igreja, sim, uai! — Xica virava e se revirava. Pra um lado — Como vais? — e, pro outro lado, esticando a cabeça, saudou por igual: — Uai, sargento! Não tá vendo a gente? Se esqueceu tão depressa de sua Xiquinha? Que ingratidão! De meus cafunés? De minhas fricções? — e falando mais alto: — E daquilo tudo que Vosmecê gostava tanto? Te alembra? — Se o sargento pudesse (homessa!) entrava pelo chão mas não teve tempo que Xica-Perfídia foi cumprimentando com a maior picardia, até chegar ao adro da igreja.

O desembarque da cadeira, retardou fescenina, feliz com a evidência. Se apeou e, deixando embaixo o cortejo luzindo seus luxos, as mucamas em coro de risos e gritos, conforme seu mando, rodando nas saias e nos colares, zumbindo negrumes de acordes eróticos, se apeou e subiu a escada de pedra de solenes degraus.

Em cima, no adro, só gente importante nos trajes de gala, zumbiam também. Mas era um zumbido de tripa gorda, de satisfações, de arrotos cevados, de farto viver...

Xica-Só-Sonho acordou de repente quando o pároco surgiu, as mãos espalmadas na frente da pança, na porta do templo...

70

Foi só aí que Xica percebeu que as coisas se agravavam: é que, por trás do pároco, empurrando autoridade, dona Hortênsia se destacava, vestida de azul.

Em guarda pro ataque, Xica apalpou a carta guardada no seio... A seu encontro, sempre calçado por dona Hortênsia (vestida de azul), nadando em venturas, o pároco gaguejou, olhos no chão:

— Infelizmente... Infelizmente, Xica... senhora dona Xica... não posso! É que são regulamentos... regulamentos, sabe? A senhora não pode entrar!

Só isso? Xica se ria vitoriosa nos gestos abertos:

— Primeiro, bom dia, sô pároco. Pelo que sei, não dormimos juntos... Bom dia, também, dona Hortênsia! Uai, nessa capela, ninguém salva a gente? Como vai seu marido? — Abrindo a boca num susto fingido, corrigiu-se: — Perdão! O nosso intendente, é o que eu ia dizer.

Pravidade suando, dona Hortênsia respondeu com outra cotovelada nas costas do pároco que, realejo, só sabia repetir:

— Os regulamentos... são os regulamentos... infelizmente...

Com jeito teatral, ainda gozando vitória esticada, enquanto seu povo sambava na rua, em volta da cadeirinha pousada no chão, Xica exibiu a carta de alforria com o selo de lacre ainda sem quebrar:

— Abra, senhor pároco! Faça-me o favor! Leia Vosmecê mesmo, com seus olhos mesmo...

Sem saber como agir, a carta estendida, cheirando a calor dos peitos tratados com muitos ungüentos, o padre, por fim, tomou o envelope, demorou no exame que o cheiro era bom; depois, com um sorriso, sem muito arremate, mostrou-a, fechada, a dona Hortênsia que a não quis pegar.

— Abra o senhor! — Xica pediu.

Com a insistência, desajeitado ao extremo, mais por nervoso, o pároco rompeu o envelope cheiroso e, aberta a carta, ficou como a ler, indefinidamente. Com mais cotoveladas de dona Hortênsia, não teve outro jeito senão pôr termo à estagnação. Já rodeados, os três, pela multidão de gente curiosa, elegante e revoltada, que esperava pela missa, o pároco voltou à realidade:

— É que, como disse, os regulamentos... há um equívoco, senhora dona Xica da Silva, lamento... Parabéns, pela carta bem merecida! Aliás, todos nós muito devemos ao senhor contratador... Não é por minha vontade, compreenda bem, mas — frisou o padre — é que não são só os cativos que não podem entrar... veja bem! Só pode entrar no Carmo gente... clara, me entende? Me entende, minha filha? Branca! É isso! Os regulamentos...

Acelerando as palavras para terminar logo, o padre desligou-se com raiva de dona Hortênsia para convidar o povo a entrar. Com as mãos em gestos de quem ajunta galinhas, ficou rodando no adro de pedra até que a última pessoa entrasse na nave já iluminada. Então, ele próprio tratou de fechar as portas, mas, vendo Xica se aproximar de novo, a carta inútil nas mãos trêmulas, apressou-se mais e, com um "Com licença..." muito sem cor, deixou-a sozinha no adro deserto.

71

Primeiro Xica, sem acreditar em sua imensa decepção, olhou espantada para a porta fechada em sua cara. Depois, voltando-se para seus escravos entristecidos em torno da cadeirinha vazia, embaixo, ao pé da escada de pedra, as gargalhadas debochadas da recomendação transformadas em silêncios e lágrimas, Xica-Ferida-Demais-nos-Orgulhos, sentiu o desamparo que a derrota lhe trazia. — Pena João Fernandes não estar ali! Xica teve a impressão clara que, a seus ouvidos, começavam a chegar motejos e risadas humilhadoras da corja de sararás nojentos...

Sentindo na boca um gosto esquisito, a mulata começou por amarrotar a carta, esfarelando o lacre do selo com desespero e ódio:

— João Fernandes... João Fernandes... a sua carta... é uma porcaria sem valor!

As mãos que se agarraram na folha da porta fechada por dentro, foram caindo, mal amparando o corpo vencido. A voz, ao contrário, a única risca de fortes vontades que não se apagara, tomava volume:

— Não me deixaram entrar, João Fernandes... o pároco... dona Hortênsia! Não me deixaram, você tá vendo só? Não deixaram sua Xica... esses brancudos, porcos de merda! — Os gritos começaram a perturbar, dentro. — Sacanas, roncolhos! — Também os escravos, crescendo zumzum, subiam pro adro, aos pouco-pouquinhos, e começaram a rodear o corpo da ama, caído na soleira. — Hão de me pagar, chifrudos, cornos, vagabundas! — Os berros já eram ouvidos além do altar, ecoando na sacristia, interrompendo a missa. — Hão de me lamber os pés, um dia... Vou mandar pintar essa porra de igreja de preto por dentro e por fora! Quero ver agora se preto não vai entrar! Pelo menos a tinta preta vai, cachorrada! Por dentro e por fora... toda preta... os santos... merda! até as hóstias dessa irmandade filha-da-puta vão ser pretas também... por minha ordem! Por mando de Xica da Silva! Estão me escutando, diabo de putas? Estão? Caguinchas... ladrões arreganhados! Vão pro inferno, paneleiros do fresco do rei de Portugal! Porcarias... Sacanas... bêbados... vacas...

— Então, minha Xiquinha do meu coração, ainda estás muito zangada com o povo da tua terra? — João Fernandes, na mesa do jantar, ouvindo a música da rabeca do Matias, brincava de bom humor, não só para espairecer toda a rude cena passada no adro do Carmo, como porque, naquele dia, havia extraído mais pedras que durante todo o mês recém-terminado. Teve de libertar nada menos do que quatro negros da extração, cujas cartas de alforria acabara de assinar, por terem os felizardos encontrado gemas valiosas, muito acima da tabela. — A ser assim — João Fernandes havia dito, se rindo, a seu fiel sombra-Cabeça —, estou vendo a hora de ter que importar mais negros da Bahia...

Xica, apenas seu homem havia chegado da viagem ao Lava-Pés, entre muito choro, desatara a contar-lhe todo o seu desastre, no Carmo. Contara e acrescera mil outras fantasias, que era a coisa que mais abundava em sua imaginação. Em prantos, pediu ordem para mandar pintar a igreja de preto "amanhã mesmo!", conforme prometera ao pároco, em seu adevão muito brabo, levantando na porta do templo.

Aumentou humilhações passadas que nem mesmo teriam existido:

— Imagina mecê, querido de minha alma, que a porca da

mulher do Mucó prometeu mandar me dar uma surra! Logo a mim, uma mulher livre! Tem cabimento, uai? Uma dama! Eu não sou uma dama, meu amor? E mecê não vai matar ela? A mulher do ouvidor me cuspiu no rosto, no meio da rua... Juro por tudo o que há de mais sagrado que não estou mentindo! A outra... Ah! meu amor... felizmente já estou preparando minhas vinganças... mecê vai ver só! Quero ficar cega...

João Fernandes achava imensa graça naqueles exageros, naqueles juramentos... Adorava aquele "mecê" dito assim, com voz de choro... Com muito carinho, tentou explicar que não havia interferência legal dele na irmandade orgulhosa... que nunca poderia mandar pintar a igreja, à força, nem de cor-de-rosa ou azul... — e se ria, acariciando sua mulata em lágrimas.

— Mas, me diga, João Fernandes... mecê não é rico? Não é a pessoa mais rica do arraial? Do Distrito? Do mundo?

— Na verdade... na verdade, querida mulatinha — o contratador curtia vastas paciências —, o que poderei fazer é forçar um pouco... Poderia, quem sabe? Mas tu não te importes mais com isso... farei coisa melhor. Muito melhor! Mecê — imitou a mulata sem nenhuma propriedade na voz —, mecê me promete deixar pra lá a igreja dos brancos?

— Dos brancos filhos-da-puta?!

João Fernandes achou graça:

— Sim... tá certo! Até certo ponto, você tem razão, amor. Mas não te importes mais com isso... Vale, bem? Vou chamar, amanhã mesmo, presta atenção: amanhã mesmo, mestre Felipe da Rocha para levantar uma igreja inteirinha só pra ti. Mas uma igreja de verdade, com nave, altar, púlpito, adro, tudo...

À proporção que João Fernandes se divertia, detalhando a futura obra, Xica arregalava os olhos, já boiando alegrias nos restos de lágrimas:

— Pintada também? — A voz era um grito. — Pintada com tinturas de mestre Botelho? Com as flores... as rosas dele? Pintada de céu... de céu, com estrelas? Com lua?! Pintada com muitas cores? Muitas?! Com muitos santos... todos? Com muito ouro por dentro! Uai! — Com o prolongado sem fim da exclamação predileta, atirando-se ao colo do amante, Xica virou felicidade viva. Sem deixar vão para que o contratador terminasse de comer seu bocado de frango, abraçou-se-lhe asfixiantemente ao pescoço e, empurrando a mesa com o pé, fez com que os dois rolassem para o tapete: já suas mãos em pleno exercício de excitação, com a singular habilidade trazida no sangue, e desde muito cedo despertada sozinha, para fazer transbordar o instinto africano, tremendamente privilegiado no se renovar indefinido a cada extenuação, coisa que só ela sabia transformar de novo em labaredas de fogo.

— Olha o Matias! — João Fernandes recomendou, cochichando-lhe na concha de uma orelha. Mas, com o arrepio contagioso de Xica-Sensualidade, o contratador aproveitou o segredo para, aumentando a safadeza, meter-lhe a língua em ponta no ouvido.

— Cachorro! — exclamou Xica já em loucura. — Matias que vá s'embora! Leve sua viola e meta-a no rabo, uai! Cabeça! — chamou aos berros. — Mande o Matias tomar... — nem acabou a piada, que João Fernandes, já inteiramente rendido, pedia, aflito:

— Não, Xiquinha! Veja lá... agora, não! Olha que estamos comendo. Ainda nem acabamos o jantar... Depois... Agora... ai!

Passado um minuto, o homem, a mulher e os dois grandes cães malhados que João Fernandes havia trazido em sua bagagem, com extremos cuidados de asseio e saúde, excitados também pela doidice, rolavam na maior promiscuidade pelos tapetes, já manchados, pelas almofadas já úmidas, e até pelo chão puro, já pegajoso em suspeitos líquidos nas tábuas enormes de jacarandá.

Cabeça, pelo lado de fora da porta, depois de ajudar Matias a sumir, mais sua rabeca, era uma estátua negra. Nem mesmo parecia ouvir o berrante aperta-chico que ia dentro.

E chinfrim de amor em que Xica-Furacão tomasse parte, era mais barulhento do que a banda de música tocando em recinto fechado...

João Fernandes é que, não obstante o costumeiro exercício em cruentos diários, berrava, se defendendo com unhas e dentes, das carícias infernais da mulata que, repetidas ao infinito, sem vão de tréguas, se faziam um cristão chegar aos paroxismos do céu, atiravam-no, também e ao mesmo tempo, aos piores suplícios infernais.

Por isso, os dois viviam cheios de equimoses e arranhões profundos, mal cicatrizados em pequenas crostas de sangue coalhado.

72

— Ora sebo!

— Homessa!

Penando subida, como quem vai pro Santo Antônio, os dois compadres vinham discutindo o assunto de sempre, desde a chegada de João Fernandes ao arraial e de sua amigação escandalosa com Xica da Silva.

Estavam furiosos com a humilhação que vinham sofrendo, de graça, impotentes em seus azeites, logo eles que, pelos regulamentos, seriam os mais importantes do lugar, nos cargos que el-rei lhes dera.

— A troco de quê?

— E Vosmecê me pergunta!? Vosmecê um intendente que tem seu poder? Não foi justamente um seu colega que derrubou o Caldeira Brant de seus desmandos? E o Felisberto, que eu conheci muito bem, era tão ou mais poderoso do que esse bosta seca de gato, marido chifrudo dessa negra sem-vergonha, homessa! Negra que, ainda ontem, era minha escrava! Isso, compadre, é o que me dói...

— É, meu velho... chifrudo... marido de negra... tudo isso mas que tem o Pombal pelas costas. Ora se... ora pombas!

Os dois tomaram sua pitada de rapé, se rindo enroscados em despeitos.

73

Descendo a mesma ladeira do Burgalhau, em direitura ao rio Grande, a dar o viático a dona Emerenciana Morgado Torreão (que, morrendo, deixava cheta ao Carmo), o pároco vinha com seu guarda-chuva polonês fechando composturas debaixo de um braço. Os dois sacristinhas, também de batinas e sobrepelizes em rendas bordadas, lá vinham atrás, trazendo os óleos santos e o breviário, além do hissope e os outros preparos.

Saudaram-se alegres, o pároco e os pândegos.

— Bons olhos os vejam, amigos! Que Deus os proteja

porque esta subida, com essa solama, arrebenta cabritos! Cos diabos!

— E Vossa Reverendíssima — pergunta o sargento — com tamanha idade, por que desce a pé, com sol na cabeça?

— Não abre o paráguas? — Mucó quis saber.

— Tenho um negro purgado, que o valdevinos embuchou de uma vez. Tomara que escape porque, se sarar, vendo logo a peça por ordinária! Preciso é de uma traquitana ou mesmo liteira. Um carrinho novo bem reforçado, tirado por mulas que, negros, hoje em dia...

— Só servem, seu pároco, pra se amigarem com gente importante...

— Depois, descaradas, botarem império e darem as mãos pros brancos beijar...

— Pra brancos sem pejo...

— Que eu tou fora disso... que eu tenho meus zelos!

— Cá digo por mim: não dou confianças a chicas rabadas...

— Homessa!

— Ora sebo!

74

— Aquela não perde por esperar! Terá cama feita, prometo-lhe eu!

Era o ouvidor, fungando rapé com estardalhaço, largando ao Raimundo, o Juca-das-Drogas, seus ódios dormidos contra a negrinha do contratador, Xica-que-Manda... A Xica-Tormenta... a Xica da Silva!

— Eu dou-lhe na cara! — O Juca crescia tamanho magrinho por cima dos calos.

O Juca era calvo. Os olhos boiavam no fundo sem brilho nem cor definida. O corpo, curvado que nem se apoiando no jeito de andar, parecia esqueleto coberto de pano. A sua casaca, de cor de avelã, só tinha de luxo o forro esgarçado de telabretanha. Falava coçando o rego da bunda. Quando calhava, por sestro nervoso, sacudia com força o indicador apontando pra gente e erguia-se, brabo, na ponta dos pés:

— Eu dou-lhe na cara!

75

Ainda na rampa do Burgalhau, comendo sol solto, Maria Henriqueta, a filha do meio do alferes Quirino, a que se benzia a cada passo que dava, muito agradecida por Deus não lhe ter dado a sorte esmagada das prostitutas, falava aflições em grossas invejas pro sor pesador dos ouros da corte, português mais leitoso do que o alvo do branco:

— Agora ela pra fazer pirraça pras pessoas distintas... judia com a gente por gosto e maldade. Só gosta dos pretos. Humilha e ofende quem tem a ventura de ser moça virgem e de não ter, muita graça de Nosso Senhor, um pingo de sangue da raça nojenta das peças que a suja da Xica protege...

— Mas tu não te importes, menina Maria! A peste anda solta por tempo contado. Já tem a bicha seu fim aferido! A corte já sabe de seus mil desmandos e mesmo o Pombal, por cima de amigo do contratador, traz contas abertas. Um dia, não pode mais esconder tamanha perfídia e... bumba, menina!

— Deus lhe ouça, sô Leite, que a gente das altas já não agüenta mais! — A cara enjoada, torcia mais queixas da Xica-Estourada.

76

Foi quando, em passeio-loucura-espavento (passeio pra dar desmaio no povo), na sua cadeira lavrada nos luxos, madeira de lei coberta de lacas pintadas à mão conforme o costume, tirada por negros gabolas vestidos de cores berrantes, Paulão mais Chiquinho, e dentro das alas de suas mucamas pomposas demais, os seios guardados em batas gomadas, turbantes azuis, colares de ouro, bichas-argolas, pulseiras-escravas, pantufas de seda-cetim-macau, tudinho francês; um monte de rendas e fitas, a Xica da Silva do contratador passava, imponente, de sapatos brancos do lado de fora da portinhola, com duas perucas cheirando um horror a cheiros mui finos chegados da Europa; a pós de Paris; a ungüentos, pomadas, essências do reino; o leque de plumas em rosas douradas e mais dois negrinhos sujinhos de ranho, nuzinhos em pêlo, no colo espalhados como dois micos-prego, melando-lhe os braços e as roupas sem termo de gasto em veludos e lantejoulas, e mais muito vidrilho e frutas e sonhos, a cara pintada de branco-de-arroz, vindo da Inglaterra direto pra ela, as luvas enormes de largos botões de charão japonês, a Xica passava em sua cadeira, gozando o seu povo de cara no chão.

77

Menina Maria mais o pesador pararam no ar.

Ela, erguendo o vestido no meio da barra, fingindo se ajoelhar, baixou a cabeça num gesto submisso de muito respeito; e o homem, rasgado em grandes sorrisos, fez à Xica-Painel sua reverência profunda nos retos atentos da obediência.

Logo ali ao pé, baixando o chapéu até quase o chão, o velho ouvidor das zangas sem fim, fez seu cumprimento aberto em sorrisos de protestação à Xica-Trovão.

O Juca das Drogas correu para Xica, beijou-lhe o vestido, tomou um negrinho, beijou-o também por cima dos ranhos. Largando sorriso, pediu simpatia a Xica-Impassível-por-Gozação.

Depois, foi a vez dos mais importantes abrirem caminho nas pressas pedidas, aliás sem razão que o rico cortejo de Xica-se-Abrindo dobrava pros lados da Igreja do Amparo.

Por cima de tudo, só a voz do pároco berrava de longe, só ele querendo ser bem escutado:

— Deus lhe abençoe, senhora dona Xica! A senhora merece por tudo o que faz por nossa pobreza! E bem o merece! Mil anos de vida pra senhora e mais pro senhor contratador, um porto seguro do céu nesta terra...

Largando mais louvações por cima dos dois amigos (Homessa! Ora sebo!) curvados à espera de Xica dobrar seu caminho, o pároco disse:

— Que Deus lhe acompanhe... lhe dê alegria... lhe dê... — e, por dentro, falando baixinho seu grande despeito: — Vá tomar no rabo, cachorra de negra, saca de merda! Você mais seu amo, ladrão miserável!

78

— Será que a minha ama, senhora e dona, Xica da Silva, meu bem querido, minha vida e meu amor, está gostando de sua futura capelinha? — Era João Fernandes, todo amoroso a se lembrar de umas tantas excentricidades mui bem praticadas pela mulata-de-cheiro, não fazia meia hora.

Ao lado, sem perceber da coisa, mestre Felipe da Rocha explicava detalhes da planta, debruçado sobre papéis desenrolados ao longo da grande mesa.

— E as pinturas? Como serão as pinturas, meu bem? — Xica-Toda-Cor desmanchava-se em perguntas, feliz com a igreja.

Tomando a palavra, em brios da profissão, o arquiteto apressou-se a responder que já havia escrito uma carta aos pintores de Vila Rica de sua amizade, gente de arte e saber como o mestre Botelho, também já convocado.

Mas quando João Fernandes adiantou uma segunda surpresa, mandando que o construtor mostrasse o outro canudo de papel grosso, Xica ficou olhando de lado, desconfiada, um sorriso maroto na boca expressiva em requintes de malícia:

— Já sei, uai! Que é isso! São minhas pinturas pra minha igreja... aposto que são!

Mas não! O que o amante tinha pra exibir-lhe em mais vaidades de posse graúda, era uma nova planta, mais cheia de riscos, onde se viam os traços profissionais de uma casa vastíssima, em meio de uma área cheia de pormenores em ressalto.

— Que é isso, uai? — Xica estranhou. — Só preto e branco?...

— Isso é uma casa! Você não está vendo? Com quintal...

com jardins... com árvores de fruta... — João Fernandes foi modesto debaixo do ar grave do construtor. — Uma casinha que vou mandar fazer pra você, bem ali na Palha, lugar do arraial que você gosta tanto! Vai ser um lugar pra você dar suas festas, receber seus amigos, ter sua adega enterrada no chão como lá em Lisboa... Tudo, afinal!

Xica-Espanto ficou parada-paralisada. A princípio, seus olhos tomaram jeito de que iam chorar. Depois, cheios de lágrimas, piscaram nos brilhos, cresceram tamanho, abriram-se em sombras como de quando vem chuva! E brilharam mais. João Fernandes pensou em gata no escuro... De súbito... "Não é possível!", o homem percebeu que, dentro daquele brilho estranho, formavam-se propósitos, muito claramente, de repetição: com efeito — "E não é que era possível, sim!" —, Xica-Mulata já ensaiava de leve aquele seu muito íntimo, particular e conhecido salto de alegria e fogo sobre seu pescoço, obrigando-o sem momento ou lugar, com ou sem testemunhas, a resvalar para o chão, com ela agarrada...

Ainda não fazia uma hora que a coisa tinha acontecido...

— Gratidão, meu bem! Alegria, uai! João Fernandes... — Xica falou contra a interrogação nadando nos gestos aflitos do contratador. — Que m'importa, tô é muito feliz com minha casa na Palha... com minha capela em casa, uai! João Fernandes... feliz com você... com... com, sei mais não!

Mas como o ataque já vinha direto, o contratador, cada vez mais aterrado, foi se defendendo na distância que abria entre ele e a mulata, se esgueirando com jeito por trás do mestre arquiteto, em suspensos de muito espanto.

— Não... Xiquinha... não! Não! — tentou falar baixo. — Foi agora mesmo... lembra-te, amor? Não faz nem uma... hora... — Prevendo a derrota pintar aclarados, lembrou-se do mestre: — Adeus, mestre! Adeus... até mais ver, meu amigo... Xiquinha, não faz! Adeus, mestre Rocha... Tome seu chapéu... Xiquinha... não... pelo amor de Deus! Agora, não! Mestre Rocha, muito obrigado! Sou-lhe muito grato pelas suas plantas... Está combinado! — João Fernandes estava perdido no meio da sala, tropeçando nos móveis, fugindo das mãos de Xica-Rufada. — Vá s'embora, mestre Rocha... obrigado! Muito grato! Xiquinha... por favor... — Apavorado pela impotência em conter o ataque selvagem da mulata se desmanchando em amores incríveis, o contratador afastava-se mais, já quase correndo em volta da mesa, a frente virada para o inimigo como num duelo, ao mesmo tempo em que apressava, gritando, as despedidas ao arquiteto também embasbacado com os imprevistos. — Vai s'embora, mestre... Amanhã falaremos! Outro dia...

Ainda na porta que Cabeça lhe abria por fora de delongas, acostumado também à cena que se ameaçava, Felipe da Rocha despediu-se do escravo, ouvindo já, a todo volume, o turbilhão dos mais suspicazes ruídos vindos da sala:

— Puxa! c'os mil diabos! Isto é o fim do mundo, safa! — E, já do lado de fora, ainda voltou a cabeça estourada em inacreditados espantos: — Arre... assim, de improviso... e de repente! Diabo que esses dois são piores do que uma saca de gatos deitada a uma fornalha acesa! — E se foi às gargalhadas.

79

— Querida — semanas depois, João Fernandes pedia a sua Xica-Busca-Pé um pingo de prudência em seus sonhos loucos, coisa que ele próprio jamais saberia ter —, não abras nunca, inteiramente, o teu leque de esperanças! — É que Xica fazia mais planos explosivos, bebendo champanha em seus bacarás, fumando cigarros chegados da Holanda, para a festa da inauguração de seu castelo, na Palha. Arquitetava, em delícias, desde o sarambeque inicial, dançado rudemente pelos escravos em volta da fogueira da entrada, até o jantar de luxo, com seus pratos exóticos e suas mucamas, em bailados mais finos, de seios de fora, pintados de ouro, as saias de roda, as batas de cores, as coifas alvinhas de anil e alecrim, pantufas vermelhas de rendas francesas, calçando os pés negros, levinhos no chão por muito dançar... Tudo brotado em cascatas de fogo da imaginação da Xica-Infernal pra um fim só: humilhar todos os brancos, sacanear os nobres da terra, gozar os padres sabujos...

Em torno da mesa, ao fim do jantar, Xica falava a seus convidados na festa, sonhando tal como se a festa já fosse amanhã.

Cansada do assunto — que depressa se enfarava de todas as coisas —, rodou o olhar pícaro pelas figuras presentes à mesa da Casa do Contrato: o pároco gordo, curtindo digestões por fora de tudo: Hortênsia, fingida, lembrando detalhes pra festa de Xica, pensando por dentro em novas intrigas e fortes denúncias! O pesador dos ouros. Nojento! o pior adulador de quantos havia, viviam e transitavam pelo arraial. O intendente Mucó... Ah! o inten... — Xica, inclemente, lembrou-se rindo de um passado engraçado:

— É mesmo, senhor intendente, um dia... se lembra? — já os olhos de Xica tomavam mais gás — um dia, o senhor elogiou muito os meus dentes, não foi? Como foi mesmo que o senhor disse? Foi tão engraçado! Que belos dentes tem essa negrinha! — e imitava a voz grossa do intendente, entre risadas de agrado de todos e já uma ponta de receio pela perfídia que na certa viria. Mucó tava aflito! — Valha-nos Deus! dizia o senhor, hão de me dizer se existem dentes mais bonitos em toda a colônia? Não te alembra, uai! senhor intendente? E o senhor mandou que eu me ajoelhasse entre suas pernas pra examinar melhor os meus dentes...

João Fernandes, que não sabia da cena passada de antigo, ficou, mesmo assim, com pena do Mucó. Conhecia demais sua Xica-Vingança para imaginar o que não viria por ali. Com um vago gesto tímido — que, por natureza, com Xica, só tinha submissões —, o contratador tentou mudar o rumo da conversa:

— Xiquinha, e o pudim? Não vem, o pudim?

Xica é que não queria perder a oportunidade de tirar sua forra. Pouco se importando com pudins, calcou na brincadeira, se rindo feliz:

— O senhor ainda acha meus dentes bonitos, senhor intendente?

— Ora, dona Xica... foram coisas que lá se vão... São passados, pois não?

— Não muito passado, uai... alguns anos, se tanto!

— Na verdade... ora sebo! nem sei que... a senhora tem graça... tem... a lembrar-se de...

Xica, se rindo cada vez mais, imensamente divertida com o embaraço do homem, atirou-se-lhe com elegância entre os joelhos. Mucó é que quase desmaia com o inesperadíssimo.

— Examina meus dentes outra vez, uai! — Xica era impiedosa com o pobre Mucó. — Examina, sô! — e abriu muito a boca, pícara e sensual nos lábios escuros, mexendo com a língua como uma serpente prestes a picar.

Desamparado, sem saber o que fazer, Mucó estava com vontade de chorar. Olhou pra mulher mas Hortênsia, safada, fazia se rir embora pensasse o que não devia. Mucó, em desespero, pedia socorro mudo e impossível ao contratador. E Xica-Perversidade, boca escancarada, caída a seus pés, a língua vibrando maldades vermelhas.

O intendente, sentindo forte o cheiro do corpo de Xica misturado com perfumes franceses que, longe de abafar, apenas realçavam-lhe mais sensualidades, começou a tremer descontroladamente. Por dentro, rezava. Teve vontade repentina e incontrolável de urinar mas, com Xica ali entre seus joelhos, não conseguia apertar as pernas. Esperava um milagre: que tudo terminasse de um momento para outro mas, ao contrário, o diabo da mulata, prolongando-lhe o suplício, pegou-lhe a mão cabeluda, aproximou-a da boca, soprou-lhe no dorso um ar quente e gostoso, e mandou:

— Vamos, intendente... vamos, uai! examine como da outra vez... aperte meus dentes... alisa... amacia... bem devagarinho que é pra não ofender... estou lhe pedindo, ora veja!

— Brincadeiras, dona Xica... são brincadeiras... — fingindo encostar um dedo nos dentes realmente ainda maravilhosos da mulata infernal. Mucó apressava-se para ficar livre logo — são belos! Fortes, sim, são... ora pois!

— Só não posso dizer que estão às suas ordens porque João Fernandes fica brabo, não fica, meu filho? Mas mexer pode!

— Sim... é claro! Sim... é uma honra! Ora sebo! Belíssimos... Que hei eu de dizer mais? Uma jói... ai! — com um tremendo berro, mal afogado nas cerimônias, interrompeu a pantomima. Xica, ajoelhada a seus pés que curvavam pra dentro de dor, dentes fortemente cerrados em seu indicador, tinha um jeito singular de beleza e ferocidade, não obstante sorrir.

Foi preciso a interferência de João Fernandes para que Mucó tivesse seu dedo de volta à liberdade.

O pior é que, como todos os demais presentes, Mucó teve de achar imensa graça e muito espírito na brincadeira tão divertida de Xica, embora, durante alguns dias, tivesse de andar com o dedo atado.

Dona Hortênsia achou o assunto bem aproveitável, desde que enfeitado corretamente, com algum engenho, para uma nova carta anônima, contando ao Pombal como iam desordem vergonhosa e grossas depravações na corte particular do contratador.

80

Foi numa quarta-feira ao pé da Semana Santa que chegaram aqueles quatro portuguesinhos, o fato apertadinho ainda da terra, os sapatos, as pelerines, as cores rosadas das faces miúdas, o jeito de andar...

Os coitados vinham a fugir das sacanagens do Pombal, pois que tinham andado de seminaristas dos jesuítas.

No Rio, aonde vieram ter numa nau espanhola a troco de muito empenho e dinheiro forte, aconselharam-lhes uma permanência ligeira no Distrito Diamantino para que, com pouco trabalho, ao cair o marquês-todo-poderoso, que tudo na vida se acaba um dia, regressassem eles às amenidades da pátria com as bolsas mais abarrotadas de ouro do que os próprios sacos, de penares.

A viagem foi um horror! Dois meses em lombos de burros, entre canastras e surrões malcheirosos, comendo e bebendo o que o diabo dava, não era brincadeira para os meninos reinóis, filhos-de-família. E o pavor dos índios que comiam gente? E o medo das feras piores do que em Angola ou Luanda? E as febres? O terror da mata em geral? Das traicões? Das cobras de quinze palmos para mais?...

Chegados afinal, por outro conselho, tinham evidentemente de procurar João Fernandes de Oliveira para assentos e proteções. Mas foram infelizes: o contratador andava pelo Fanado havia uma semana!

Cabeça os recebeu e, sem muita malícia, os levou ao pé da Xica.

Empoleirada sobre sua montanha de almofadas coloridas, seus negrinhos prediletos gatinhando em sua barriga nua, nos peitos nus, de mistura com outras tantas bruxinhas de pano, pretas também, uma garrafa de vinho francês entornada, a fazer mais nódoas no chão, pelo cálice quebrado, Xica, assim mesmo como estava, mandou-os entrar.

— Ora viva que são marotinhos a chegar! Como foram de viagem? Cansadinhos, uai! Tá se vendo!... E o senhor marquês? Como vai passando? Deu-lhes alguma carta? Algum prego? Ou somente um pontapé no rabo?

O mais taludinho deles, olhando os pássaros soltos, esvoaçando pelo teto, o luxo estranho do ambiente, a sala enorme, Xica nua sobre tantos almofadões, os negrinhos gatinhando e as bruxas de pano... os peitos nus, tentou explicar ao que vinham mas sem conseguir vencer perturbações:

— Sim... Pois sim... pois não... quer dizer...

Mas Xica não o deixava falar:

— Ai! Deixa ver... como estão coradinhos ainda! Não devem ter feito muito caso do transtorno, pois não? Parecem bonecas, uai! Veja Tonha... — E Xica não fazia tenção de esconder os peitos de onde o portuguesinho não conseguia arredar os olhos. — Aquele lá, então. Vermelhinho, vermelhinho... São lindos! Zefinha... Chiquinha... Venham ver! Querem alguns deles?

Apetece-lhes, uai!? São que nem leitinhos de porca! — Ante o espanto ferido dos rapazes, atenuou para agravar: — É que, me desculpem, mas vendo vocês assim, coradinhos como batatas fritas, lembrei-me, não sei por quê... Mas vamos ao que se segue, uai! Vosmecês vieram atrás de dinheiro... de trabalhar nos diamantes... Muito bem! Não precisam esperar por João Fernandes. Cabeça! — chamou —, leve esses senhores para a extração nova. Olha, a do ribeirão do Inferno tá dando uma enormidade de pedras... Aquelas lhes serve! Veja que nada lhes falte! Nadinha, mesmo! Entendeu, uai!?

Enquanto os novatos iam buscar seus baús numa tendinha do mercado onde, ao chegar, se abrigaram, Xica recomendou se rindo ao escravo das confianças sem fim:

— Cabeça: entregue essas merdinhas brancas ao feitor. O Bingo, aquele brabo que tem medo da própria cara, serve. É leve no relho! Mande, por minha ordem, dar tratamento de negro a esses filhos-da-puta de marotinhos. Com bragas, se for preciso! Olha que, pra frescos, já é muito banquete!

— Minha ama... — Cabeça achou de avisar preocupações, não fosse João Fernandes reprovar o tratamento — o sol vem depois da noite, sá dona Xica! Pode bem ser que senhor meu amo...

— Seu amo sou eu, Cabeça! Faz o que estou mandando, uai!

— Branco pode ser cativo também? — Cabeça estranhou de novo.

— Perto de mim, ninguém é branco. Ninguém é livre, Cabeça. E apanha isso aí. — É que um dos negrinhos, escorregando nas sedas abauladas de uma almofada, caindo no chão, abria farto berreiro.

Pegando o negrinho que Cabeça lhe passava, por um braço, recolocou-o sobre o peito:

— Vá! Você também, porcaria! Pára esse choro! — Apertando-lhe a cabeça em um peito, recomendou divertida: — Mama aí! Vá! Não tem leite mas serve de bico, uai!

81

Apenas saídos os rapazes escorraçados de Portugal pelo marquês, Zefa veio avisar que madame Penélope, uma estrangeira vermelha como uma maçã madura, vinha vindo para a aula de civilidade, boas maneiras e coisas gerais.

Xica havia pedido a João Fernandes mais essa professora — e já era a quarta ou quinta e, nem por isso, havia ainda aprendido a ler — mas, desde a segunda aula, a presença da mulher já a aborrecia profundamente.

— Diabo! ainda não aprendi nada! Essa burra não sabe ensinar coisa alguma, uai! Sabe, João Fernandes — Xica se queixara pela manhã —, vou mandar ela embora com uma banana enfiada no rabisteco! Imagina só: fiquei vinte minutos com um livro na mão, ela me mostrando aquela porção de letras e eu não aprendi a ler! Agora, quero quem me ensine a escrever. Quero fazer uma carta de amor pra mecê, uai! Mas quero professor preto!

82

Saltando das almofadas, Xica espalhou seus negrinhos e suas bruxas pra todos os lados, mandando Zefinha catar tudo. Vestiu uma saia com mais de dez cores berrantes, abotoou uma bata cheia de rendas e penduricalhos e foi ao encontro da professora, levando um mundo de má vontade.

— Olha, dona, sabe o que mais? Vá pregar em outra freguesia. Aqui, minha filha, não dá ponto! Burra, basta eu, tá me ouvindo? Pega lá sua paga e desaparece de minha frente. Ademais, Vosmecê tem cheiro de salchicha. Já chega!

Fingindo pagar, deixou propositadamente que as moedinhas corressem pro chão:

— Oh, madama! Me desculpe, uai! — aproveitando-se do fato da mulher se abaixar para colher a paga, com um tolerante — "Não tem importância, não senhora... aconteceu..." Xica abaixou-se, também prestativa. Mas, fingindo perder o equilíbrio, caiu por cima da gorducha, empurrando-a para provocar a queda total.

Ao levantar-se, a mulher, muito ágil, já tomava distância pela ladeira acima e Xica, fazendo menção de se recolher, às gargalhadas, safada da vida porque Cabeça, impassível, não a acompanhava na gozação, reclamou:

— Tu não te ris, Cabeça?

— Oi, dona Xica, cativo não usa comê nus prato de branco, nhora não!

— Nem você é cativo, bobo, nem eu sou branca, com a graça de Deus! Mas tenho dinheiro pra socar no rabo até do rei, viu? Agora, ri comigo. Ri, uai! Vá!...

Mas Cabeça não riu.

83

Já sérios, no portão que Cabeça ia fechar, os dois perceberam que um cavalheiro se aproximava, montado em um bonito animal malhado de amarelo e branco. Vinha esquipando vaidosamente, fazendo fuleragem, dando barretadas pra um lado e pra outro, largando imponência nos gestos largados.

— É o Jorge Andrade, o comandante do transporte do ouro e das pedras do quinto real, não é, Cabeça? Conheço pouco aquele idiota que não pára aqui, mas tenho, também, uma continha pra lhe cobrar. Fique aqui comigo, uai!

Xica, recebendo seu cumprimento, fez-lhe sinal para que se apeasse.

O homem obedeceu pressuroso, empavonado, caprichando na elegância do desmonte. Dispensou, com altanaria, o auxílio que o escravo acorreu a lhe prestar. Vai beijar a mão que Xica lhe dá mas ela, deixando sair perfídias pelo ladrão, foi abaixando a mão, forçando-o a abaixar também a cabeça mais e mais. Por cima, Xica fez cara de asco para Cabeça se rir.

— E sua mulher? Como vai, comandante? — A voz era doce, um pingo de mel.

— Uma sua criada! Vai muito bem e muito agradecida pelo interesse de Vossa Mercê...

— E os meninos? Também estão bem? Vão sempre estudar em Portugal?

— Obrigados também pelo interesse que Vossa Mercê lhes dispensa, senhora dona Xica. Os mais velhos seguem até o fim do ano pra Coimbra...

Mas, antes que o comandante tenha oportunidade de se desmanchar mais em falsas galanterias, a mulata indaga, ferina:

— Mas o que eu quero saber mesmo, comandante, é da saúde de seus escravos, uai! Vos'soria tem muitos negros, não é? Eu não gosto de saber que alguém maltrata seus escravos... Eles também são gente, de carne e osso. Eu fico furiosa... João Fernandes sabe disso e não me contraria! Por falar nesse assunto: quero comprar aquela negrinha ranhuda... uma guiné que puxa um pouquinho de uma perna. Aquela que sua mulher encheu de bolos na quarta-feira passada, não foi, Cabeça? Arraial pequeno, a gente sabe de tudo o que se passa na casa dos outros, comandante...

— Às suas ordens, minha senhora! às suas ordens, mas a peça não é coisa que valha...

— Por isso mesmo que eu quero comprar. Mande-me a negrinha e mande-me o recibo. Por favor, comandante!

— Claro... se é seu desejo... logo mais terá aqui a negrinha guiné.

— Logo mais, não, comandante. Agora, uai! Eu quero as coisas na hora que eu falo... — Xica frisou com decisão de dona-de-tudo. — Agora, e com o recibo... Não vai se esquecer!

— Hoje mesmo... é claro. Agora. Quanto ao pagamento, a senhora mesmo resolverá... é um favor... fico-lhe muito grato... muito grato... com sua licença!

Montado de novo, o comandante já não esquipava mais tão vaidosamente para que o povo admirasse seu porte elegante.

Quando desapareceu no final da rua, Xica falou:

— Viu, Cabeça? É um trolha! E ele que não me obedeça que eu lhe dou um anteparo direto por cima das ventas. Esses diabos precisam aprender que, com Xica da Silva, há tempo justo pra comer goiabas!...

84

Por ocasião da décima primeira carta anônima escrita por dona Hortênsia, dessa vez para o próprio rei dom José, contando os desmandos, roubos e escândalos que iam pela Demarcação, feitos pelo amigo do marquês de Pombal e uma negra, sua barregã que atendia pela alcunha de Xica da Silva, aconteceu a inauguração da Casa da Palha que João Fernandes tinha mandado fazer, enquanto o tolo do povo comia carochas — segundo os dizeres da carta —, para, em dia de aniversário, oferecer com o maior desplante, à supradita negra, sua ex-escrava, mulher de mil sexos a quem aquela alta personagem, esquecida de seus deveres de fidalgo, dedicava tanto amor e dedicação...

E a carta ia por aí, transpirando invejas e despeitos, como de costume. Para a festa, a maior de quantas já teriam havido na terra, mesmo nos tempos de ouro dos Caldeira Brant, foram convidados todos os povos dos arredores. E toda gente, inclusive dona Hortênsia, com seu sorriso de asa de gaivota, compareceu feliz pela honra do convite, ansiosa por esmiuçar novidades, doida para espalhar maledicências, pegar Xica pelo pé em algum flagrante desastrado ou outros imprevistos.

Palha ficava distante uma boa hora de caminhada, se tanto, do centro do arraial, nas abas da serra de São Francisco.

A verdade é que a nova chácara de Xica-Anfitriã era realmente um magnífico castelo que embasbacava a todos os que chegavam, com sua capela e seu amplo teatro interior onde, daí por diante, haviam de ser representadas peças, por profissionais de Vila Rica, tais como *Encantos de Medéia*, *Xiquinha, pelo Amor de Deus!* e *Porfiar amando*.

Nos parques, jardins e pomares, de gosto exótico, espaventoso e impressionante, havia abundância de fontes, cascatas, repuxos, estatuetas de mármore, fruteiras, trazidas, em mudas, da Europa, árvores gigantescas, bichos e pássaros mais raros e o mais.

Tudo isso, em exagerados plurais, no dia da inauguração estava iluminado à farta por lanternas chinesas, lâmpadas de óleo, candeeiros e postes.

Eram já quatro horas da madrugada quando, após uma nova e vastíssima ceia, começaram a sair, de volta ao arraial ou de regresso aos seus arredores mais ou menos distantes, liteiras, cadeirinhas, serpentinas; a carruagem do ouvidor, a estufa do pesador de ouros, o florão de duas rodas do Juca-das-Drogas e o carrinho do Mucó mais da mulher.

Antes, nenhum dos convidados, por mais fértil que tivesse sua imaginação, teria atingido a centésima parte do que a fortuna de João Fernandes, conduzida pela esplêndida fantasia de Xica da Silva, havia oferecido naquela noite das mil e uma ditas-cujas...

85

Apenas o dia clareava de todo, Mucó, como de costumeiro, dormindo seus suaves descuidos, dona Hortênsia já havia ultimado mais uma de suas já muito famosas cartas pra Lisboa. E a trêfega lourinha contava a festa em pormenores estarrecedores.

Só mesmo nessas cartas, a loucura de Xica era superada em fábulas nascidas na penteadeirazinha branca.

86

— Xiquinha, gostou? Gostou, Xiquinha do meu coração? — Apenas sós, nas suntuosidades do quarto principal da chácara, João Fernandes indagou mansamente: — Sabes tu como estou feliz? E tu? Já não odeias mais tanto a esse povo todo que veio te prestar tamanhas homenagens? Beijar-te as mãos? Os pés?...

— Não estou satisfeita com porra nenhuma e o povo que vá à merda!

Abraçando-se com o contratador na cama gigantesca de altíssimos espaldares, arcos até quase o teto, colchões altíssimos também, travesseiros perfumados, cobertas de todas as cores, candelabros queimando profusamente enormes velas de cera de abelhas, além de incensos diversos; a bateria de cosméticos com água de Hungria, de Córdoba, de Alfazema, dos Capuchinhos, entre garrafas de champanha e licores e conhaques, por todo o quarto espalhadas, Xica fazia carinha engraçada de choro, pedindo mimos:

— É que, uai! — respondeu às aflições de João Fernandes —, não vejo aqui minhas almofadas, meus negrinhos nem minhas bruxas de pano... Isso era só o que eu queria da casa velha do Contrato...

— Agora, meu bem, que mais te falta? — deitando-se de novo, o contratador perguntou, após mostrar as duas alcovinhas ao lado, abarrotadas das almofadas e das bruxinhas pretas... — As crianças estão com as mães... naturalmente. Virão, Xiquinha, sempre que você quiser...

— Então... eu quero agora! — e se abraçou com força ao companheiro.

— Logo que amanhecer, meu bem... sim?

— Logo que amanhecer! Quero acordar com meus bichinhos na cama. Se não estiverem aqui, vou fazer um barulho dos diabos!

— Estarão... — João Fernandes era submisso. — Depois disso, que mais te falta, minha rainha?

Xica ficou pensando com o dedo no queixo. Sentou-se na cama. De repente, como que se lembrando, exclamou:

— O mar!

— O mar!? O mar!?

— É, uai! Quero ver o mar. Quero andar de navio. Mas navio de verdade, desses que Cabeça me contou... — Os olhos de Xica-Ressaca brilhavam no escuro de dentro como se fossem de gato. — Quero com velas cor-de-rosa... o barco todo azul. Cheinho de luz. Não tem luz nos barcos de verdade, João Fernandes? Também não sei se pode ter varandas... se puder...

Achegando-se mais ao corpo cheiroso de sua mulata muito querida, João Fernandes se riu:

— Mas, filhinha de minha alma, você não agüenta uma viagem ao Rio de Janeiro! São, pelo menos, sessenta ou sententa dias montada... já pensou? Logo você, amor, que, só porque foi, outro dia, a Curralinho, duas horas de passeio, quase morreu... teve até febre...

— Quem foi que disse que eu quero ir ao Rio de Janeiro?

— É onde o mar está mais perto...

— Faz um mar aqui, uai! — Xica beijou João Fernandes, dessa vez, muito ternamente, externando-lhe mais uma nuance de seus requintes amorosos. João Fernandes estranhou o beijo, mas beijou-a também, na certeza de que, dali a pouco, estariam rolando irremediavelmente pelo chão, embora o tamanhão da cama nova. — Mar não é água só? Água cheia de sal? Faz um lago bem grande e... pronto! O mar! Depois, manda fazer um navio de velas, com marinheiros e tudo. Mecê compra, pra mim, os marinheiros.

— Isso não será possível, meu bem! Seria uma loucura! Um dinheirão... Depois, marinheiros não se compram. São homens livres...

João Fernandes foi se deixando preocupar com mais esse capricho sem termo de Xica-Exigências. Por fim, explicou:

— Tu não sabes, querida, que já falam o diabo de minha administração? Se o Pombal não fosse meu amigo... amigo de meu pai... com tantas cartas e denúncias anônimas que vão daqui, todos os dias, eu já teria tido um destino bem semelhante ao do Felisberto, o meu antecessor. E você, minha querida, meu amor, o dia em que eu faltasse, que seria de você?...

— Eu quero passear no meu navio uma noite inteira! Nem que seja uma noite só! Mas eu quero, uai! Depois... depois, pouco me importa o que acontecer...

— Filhinha... — o contratador insistia, já certo de que teria de mandar fazer o lago... o barco... — escuta... tem paciência! Desta vez...

— Quer dizer que tu não vai me dar meu mar nem minha galera, não é, perverso?

— Não é bem isso, Xica... — mas, sentindo a mão da mulata tecer artifícios por dentro da colcha, abriu certeza de albatroz na tormenta — é que eu não posso... ai! Espera um pouco... deixa eu explicar... aí! Assim, não... Não... sim... — junto com o enorme bolo das cobertas, Xica se atirou ao chão, agarrada a João Fernandes que ria-gemia-chorava-gritava-protestava-esperneava-sofria-gozava...

87

Dias depois, com Felipe da Rocha, mestres-de-obras andavam pela chácara, fechada provisoriamente, a medir distâncias, a avaliar volumes d'água nos córregos, a cavar cá e lá, cortando vertentes, para a abertura do maior lago artificial que, um dia, já fora feito em toda a colônia.

Que o povo, o rei, o amigo Pombal, os intrigantes, os invejosos, se danassem, era o que João Fernandes, naquele momento de felicidade, desejava de todo o coração. Isso, desde que sua Xiquinha-Vontade-Só, dos mil sortilégios, continuasse, pelo tempo afora, a fazer aquelas coisas por demais maravilhosas que ninguém, mas ninguém mesmo, nem as maiores, mais caras, cultas e bem-informadas cocotes francesas de sua mocidade rica e despreocupada, haviam sequer sonhado que poderiam acontecer, um dia, a um tão bem-aventurado mortal, naqueles cafundós perdidos no fim do mundo!...

88

Enquanto o sabedor mestre Felipe da Rocha comandava aquela legião de operários livres e escravos a abrirem o lago da Xica, a represarem águas, a fazerem estacadas, a levantarem bicames, a meterem córregos no tronco, a limparem e aplainarem terrenos, a encontrarem, como por toda a parte na região, um cascalho rico, virgem, engomado, de excelente formação; repleto de ouro, esmeril, palha de arroz, fava preta, agulha, cativo, siricória e quantos outros nomes correntes em mineração, conhecidos demais por qualquer escravo; enquanto o sabedor obrava, às tardes e às noites, na Mansão da Palha, iam divertidíssimas e muito movimentadas, sempre com os mais diferentes convidados, além dos comensais diários.

Eram jantares, reuniões, bailes, funçonatas, e todos os diversos jogos em moda na época: mesas, dados, bolas, baralhos, peças e os mais complicados petrechos, vindos de Paris, como tudo ali, especialmente para a chácara.

Por muito requinte, até se faziam pescarias noturnas em escaleres dourados, iluminados com lanterninhas chinesas, na parte do lago já liberada, já com boa altura d'água, já com peixes trazidos do Jequitinhonha, do Paraúna, do ribeirão do Inferno...

Graças aos peixinhos, João Fernandes conseguiu economizar as toneladas de sal exigidas por Xica para salgar o seu mar... É que, explicado que os bichinhos morreriam, Xica condescendeu, depois de muita luta, em desistir do sal.

— E como é que tem peixe no mar? — Xica queria saber por que os porcarias não agüentavam uma viagem até o arraial...

Nesses serões sem fim, João Fernandes, caladão e distraído, gozava sua ventura pelas varandas, fumando discretamente seu charuto caro, agora, por evidente influência do gosto excêntrico e da imaginação borbulhante de sua mulata, engastado em uma longa piteira de âmbar, cheia de ouros e pedras brilhantes. De raro em raro, dizia duas palavras de amabilidade social a um ou outro dos freqüentadores da casa. Por dentro, fumando sempre, sempre tomando seu conhaque morno com açúcar, aborrecia-se, mas ria da falsidade grosseira de todos, a fazerem desconjuntados esforços a se dirigirem a ele, elogiando-lhe a mulher que detestavam em molho de inveja, forçando encontros acidentais de corredor, oportunidades e motivos ridículos ou absolutamente inexistentes.

Xica, pelo contrário, cada dia mais exagerava fantasias e loucuras... Eram carnavais de vestidos, sapatos, luvas, perucas usadas às duas e as três ao mesmo tempo, berros de jóias, pinturas deliciosas em ingenuidade... Xica zanzava o dia inteiro, dando ordens, distribuindo adeusinhos, recebendo, deliciada, rapapés e zumbaias, falsas mas gostosas de ver, batendo carícias nas carinhas adolescentes e, com um pouco mais de força e picardia, nas de mais idade, como a de dona Hortênsia, sua inimiga predileta.

Vez por outra, para gozar mais aquela gente e escandalizar em roda, beijava na boca, exageradamente, uma de suas mucamas mais bonitas, mais seivosas...

Farta de saber, andava ela, das perfídias e ódios gerais dormindo em ninhos de hipocrisia... Mesmo assim, a vida se ia, passava ligeiro, em bulhas de festa, em íris de cores, em gritos de espanto, na corte crioula de Xica da Silva, a Xica-Carrossel.

89

Exatamente numa dessas ruidosas reuniões na Chácara da Palha, João Fernandes divertia-se, vendo a irritação desabrida do Mucó, numa partida de voltarete onde o barão, papada trêmula de gozo, ganhava exorbitantemente. No charuto, crescia uma cinza muito branca. Nisso, Cabeça, da porta em frente, faz-lhe um sinal urgente mas quase imperceptível. O contratador disfarça, adivinhando gravidade sob a reserva do assunto e levanta-se ao encontro do escravo.

Num outro ângulo do salão, os olhos vivos de Xica-Vigília abarcaram a mesma cena: empurrando o sargento-mor sem qualquer cerimônia que, ao lado do pároco, tecia-lhe mil galanteios saudosos de um passado muito mais distante na lembrança corroída do que no tempo, larga-se em seguimento ao amante, mas não tão discretamente.

Segue-o à saletinha da entrada, deixando-se ficar muito quietinha por detrás da porta que se fechou. Dali, bem resguardada pela penumbra, assiste à ocorrência: Cabeça começa por apontar ao amo um tipo enorme, meio embuçado que, à entrada do contratador, se curvou sem se descobrir, com um respeito carregado de orgulho e força.

— Boa noite, senhor contratador. Peço relevar-me pormenores sociais que desconheço, mesmo porque tenho pressa.

João Fernandes fingiu não reconhecer a visita:

— Que queres de mim? Fale!

— Foi de sua casa que fugiu uma cativa de nome Celeste?

João Fernandes olha silenciosamente para Cabeça que, por um gesto seco, confirma a pergunta.

— Sim! Como vê, parece que foi! E daí?

— Quero que ela seja uma alma livre! Peço a Vossa Mercê que me faça o seu preço.

— E tu? Tu és uma alma livre?

— Por minha conta, sim senhor! — A visita fez uma pausa de refresco. — Quanto vale a sua peça? — a palavra final foi frisada com mordente ironia.

João Fernandes resolveu examinar detidamente o charuto. Mudou o tom de voz para aceitar o jogo do outro:

— Cento e trinta... talvez cento e cinqüenta oitavas... Serve-lhe o preço?

O homem não respondeu. Colocou uma saquinha de pano branco sobre o tremó, junto à porta por trás da qual Xica se escondia, toda ouvidos.

— Valerá mais! Para mim, muito mais! Aqui tem duzentas. Vossa Mercê quer conferir?

João Fernandes abandona o charuto sobre uma bela salva de prata onde, em relevo, se vê uma alegoria sobre a criação do mundo. Apanha o saquinho, sobrepesa-o na palma da mão em concha:

— Acho que não precisa! — Os dois se medem com respeito, o contratador prossegue com a palavra. Olha a visita nos olhos. — Quer recibo? Carta de alforria?

— Não, senhor. Também não precisa!

— Olha lá que pode ser... um dia...

— Não haverá esse dia!

Dentro, Xica está em brasas! Vê João Fernandes levar seu hóspede até a porta de saída. A porta abre-se para o parque dos fundos. João Fernandes estende-lhe a mão e pergunta com firmeza:

— Agora, senhor, penso que tenho o direito de saber com quem acabei de negociar.

O outro vacila por um segundo. Embora tão rapidamente, Xica nota-lhe o drama íntimo. Mas o homem decide-se: aperta vigorosamente a mão do contratador. Em seguida, larga-a e, abrindo a capa em que se esconde para mostrar que não tem qualquer arma, profere em durezas de timbre:

— Teodoro!

João Fernandes finge espanto. Necessário prosseguir com o jogo inicial:

— O... contrabandista?

— O garimpeiro, para servir Vossa Mercê!

João Fernandes cala-se e deixa-o partir. Segura o braço de Cabeça e dá ordem em voz suficientemente alta para ser ouvido pelo faiscador que se retira:

— Deixa-o partir, Cabeça! Não o persigas. Pelo menos desta vez...

90

Voltando-se, João Fernandes depara com Xica, em pé, já dentro da saleta. Junto à porta que dá para o salão, Cabeça se perfila. Ao abrir a folha da porta, sai ao encontro do casal uma onda em crescendo de sussurros, burburinhos e gritos dos convidados do dia. Todas as velas estão acesas. Sobre os dois extensos aparadores, pratos ainda estão por cima das toalhas de linho da Holanda. E já negras servem renovados montes de comidas e jarras de vinho e licores.

— Foi s'embora? Ele, o... — Xica pergunta, simulando desinteresse.

— Era um faiscador... — João Fernandes como que dá o caso por encerrado. E, para mudar de assunto, pergunta pelo intendente: — Melhorou? Passou-lhe a dor de cabeça? Queixava-se do queijo... de ter comido muito queijo...

Xica estava certa de que o visitante noturno envolto em mistérios era o Teodoro. Ouvira tudo! Emocionada, não quis passar logo ao salão. Para demorar João Fernandes na saletinha pouco iluminada, abre os braços em cheios de carne serenada e, enlaçando-o, convida:

— Vem, meu amor. Vem, uai! Vem, meu alecrim português...

Mas quando João Fernandes vai retribuir o abraço com ternura, ela se queixa com um miado de muito mimo:

— Vem pra sua mulata cheirosa de manacá e malva... sei... que mecê deu liberdade a Celeste... ouvi tudo! Agora, quero que você me dê, pelo menos, seis mucamas bem clarinhas pro lugar dela... Vi Teodoro, uai! Que bicho enorme! Que homenzão, hein? Só a tua Xiquinha que não vai deixar nunca de ser tua... será que um dia, um Teodoro qualquer...

João Fernandes enciúma-se. Passando finalmente ao salão, ameaça:

— A esse que aparecer, mato como a uma barata cascuda. Ninguém há de me roubar o meu cambucá do campo... nunca!

91

Só que, numa palhoça das menores, já no termo do arruado, o anspeçada Lucas Lopes Pardinho está furioso junto a sua caneca de cachaça. Com tanta raiva já não cabia dentro dele mesmo! É que um espião lhe prometera que Teodoro estaria, desarmado e sozinho, dentro da chácara da Xica da Silva, aquela noite sem falta, por volta das nove ou dez horas. Ficou de confirmar apenas o garimpeiro passasse pela estrada. Acontece que Cabeça, ao fechar a porta atrás de Teodoro, antes de ir chamar o amo, percebeu aquele vulto suspeito a se esgueirar bem rente ao muro da chácara. Correu atrás, apanhou o homem que dava forma ao vulto, e largou-lhe tão repinicado trompaço na volta dos rins que o desgraçado ficou dormindo no sereno de fora por mais tempo do que seria suficiente para ir e voltar ao Salitre, três ou quatro vezes, já não dizendo em animal de mais de meio galope...

92

Foi no Domingo de Pentecostes e a manhã era de sol.

Posto que estes escritos, com algum mofo de arquivo, têm um certo valor de crônica, digamos sem maiores delongas que o ano era o da graça de 1762. E, como para meias verdades, verdade e meia, fica desde logo entendido que a cena a seguir descrita, dentro da maior fidelidade conseguida através do tempo, passou-se no canto da botica, canto esse formado pela rua Direita com a de trás da Casa do Contrato, até então sem nome, ou melhor: conhecida exatamente como a rua de trás da Casa do Contrato. E mais: que Xica da Silva, aos costumes, vinha mais enfeitada do que o cavalo de São Jorge, no dia 23 de abril.

O fato é que se encontraram: ela, de subida, num forte aranzel com os passantes e viandantes de sua predileção; ele, um mascate comprido, de pernas ainda mais compridas, montado num jerico baio, pés arrastando no chão, descia seguido de um escravo já de alguma idade, que se esbodegava carregando uma grande mala, dois sacos e um pequeno baú algo pesados, segundo observação imparcial.

O mascate que, evidentemente, andava à mercancia, vai açoitar o negro para forçá-lo a apertar o chouto penoso mas, dando com os olhos em Xica-Justiça, suspende o relho, temeroso, e cumprimenta humildades na voz.

— Queres me vender essa peça, meu sacripanta? — A mulata senhora, dentro de seus impérios criados no puro despotismo, faz com que o mascate se apeie de todo já que, como ficou dito e registrado mui claramente, vinha semi-eqüestre.

— Para a senhora, dona Xica? É uma ordem... a peça é de Vossa Mercê!

— Ainda bem, uai! Dou-lhe cento e oitenta oitavas. Serve?

— Mando-lhe o negro logo mais, dona... Quanto ao pagamento, em suas mãos, é ouro... Mas, olha a senhora que bem podia chegar-lhe mais um bocadinho de cheta que, na verdade...

— Deixa a paga pra lá, homem! J'está combinado, uai! Cento e oitenta! Cabeça vai lhe levar o cobre depois... — E, para o escravo calado ali ao pé, sem entender coisa alguma da transação: — Venha cá, meu velho! Largue essa merda aí mesmo no chão. Tô lhe chamando, uai!

— E minha mercadoria, dona? — o mascate acudiu, aflito.

— Meta-a no rabo de sua mãe, caguincha de mascate vagabundo!

O negro é que, sem largar os fardos, reparte um olhar estúpido entre o amo e aquela aparição de fada, abalançando seu juízo. Pro amo, olha apavorado; pra Xica com mel no olhar.

Xica lhe dá um empurrão e berra:

— Comprei-te, idiota! Tu és meu, uai! E tem mais: negro de minha propriedade, não carrega fardo pesado na rua que nem burro de tropa! Isso, meu filho, é labuta pra branco sarará, se não pra maroto português...

Puxando o negro por um braço, se dirige ao mascate em palavras de abastança:

— Leve essa porcaria toda na cabeça ou pague a algum desocupado da tua marca pra carregar. Se tiver a audácia de chamar um negro, mesmo que seja livre... sei lá! Não brinque comigo que te despejo da Demarcação em seis horas, com uma mão na frente e outra atrás, está me ouvindo? Em lugar de dar pancada em seus escravos, vá se arreganhar pros infernos, que tu mais me pareces um penitente de fichu, corno das dúzias. Passa!

93

Logo depois disso, foi que se deu a inauguração da fantástica galera de Xica, com marinheiros a bordo e todos os mais repiquetes das exigências surdas e absurdas da estrídula mulata.

A recomendação vinha desde muito cedo:

— Olha, Cabeça, meu filho: não quero, em tempo nenhum, qualquer maroto sarará dentro de meu barco. Só como marinheiro ou operário! Assim mesmo, depois do serviço feito, meta-lhes pau na cabeça! Não quero que fiquem olhando nem de longe. No dia da festa, sim! Quero ver brancudas se aguardando... Quero convidar todas essas porqueiras de arraial pra ver... de longe o meu barco garboso! Na festa, eles vão ficar me vendo lá dentro, uai! Ouvindo música... me balançando... Embarcados, Cabeça, só eu, minhas mucamas, você e o rebequista Matias que é branco, mas música não tem cor. Mestre Raimundo, que é mulato também, vai tocar sua flauta... Quero os atabaques... mas isso não tem importância porque os tocadores são meus escravos. Ah! sim... — lembrou-se com raiva, desde que não havia outra maneira de fazer o barco navegar — os marujos! Mas Cabeça, dê-lhes duro... com força, pra que se esqueçam da cor, uai! Quero todos os marujos e o Matias com roupas de mar. Com as gorras também, que eu vi tudo numas figuras de navio. Mas quero, sobretudo, Cabeça, meu filho, que todos os brancos que tiverem de embarcar comigo, pintem as caras de preto, me entendeu? O Matias, também! Fora disso, nem o rei!

Depois do jantar nos mais encorpados desperdícios, os jardins repletos de lanternas multicores, o povo, em grupos formados, se admirava da galera bonita, balançando mansinha no lago de pouca vibração noturna. Os convidados, às centenas, se enchiam de inveja e despeito, se afogavam em raivas incontidas, esquentados em nobres orgulhos de pisados nasceres.

— ...não parece, dona Amelinha Queiroz, mas essas coisas assim, em constância, minam... abalam qualquer reputação!

— Ora se destroem! Ninguém escapa, Joaninha Cruz!

— O pior, Luís Cunha, é que em Lisboa já se sabe de tudo! Se comenta tudo!

— Abertamente, dona Mariana Sotero!

— Infelizmente é a pura verdade! Quem está dizendo não sou eu...

— É um descalabro! Uma desordem...

— E é um desmando em cima do outro... Veja, doutor Mário Chaves, o senhor que é viajado... conhece a Europa... Portugal...

— Tintim por tintim, dona Hortênsia... De fato, eu que conheço muita coisa por aí, posso dizer que, na corte, já se comenta essa loucura da negra do contratador, tintim por tintim...

E, mais pra lá, pra borda do lago, espalhavam-se outros comentários irritados:

— Afinal, esse abuso do João Fernandes, senhor ouvidor, será uma... como direi?

— Uma beleza! — o pároco do Carmo interrompeu para responder com entusiasmo ao que não lhe era perguntado pelo Leite, o pesador dos ouros do quinto real, o chapelão amarrotado debaixo de um braço — o barco... uma beleza! O fato é que João Fernandes péla-se pela Xica. Isso é que é verdade! E, vejam vocês, outro dia ainda, a menina era uma escrava. Que a coisa leva seu valor, não há negar! — O padre estava contente com a festa.

Alferes Quirino afirmou sem muita convicção:

— Convenhamos... um exagero!

— Conversamos por inteiro!? Claro! — O padre revoltou-se. — Não seja besta! Eu cá nunca digo nada em meias palavras! Ora merda... — e se foi, muitíssimo aborrecido, atrás de um copo de limonada, coisa que achou logo, na mesa ao ar livre em que Mucó, o copo nas mãos, cochilava venturas, fazendo a digestão em quietados silêncios, do lombo de vaca, do frango ao molho pardo, do cabritinho assado, do prato de lentilhas com chouriço português...

— Ora sebo!

94

Repassando mais uma vez pelas mesinhas avulsas do pomar e do parque, a ver se nada faltava a seus convidados, enquanto fazia horas para se vestir (que o embarque, nas galas, havia de coroar a festa da inauguração do seu navio) Xica deu, a um canto mais reservado do jardim, com Juca das Drogas mais o sargento-mor, a derruírem uma banda de leitão. Ao perceber que os dois falavam de Zezé, Xica pára de estalo. É que, com as ameaças de fortes guerras na América inglesa pela soberania absoluta da terra lá deles, já se começava a murmurar aqui também, com a bravura de uma gente moça e disposta a qualquer gesto de audácia aventureira, sobre direitos das gentes. Bem assim, já se proferia, com todas as letras, muitas outras palavras antes desconhecidas e até proibidas, como despotismo, tirania, independência e liberdade.

Zezé, como se viu lá atrás, ainda no começo dessa história bastante fantástica para calçar sua veracidade, era dos que mais se inflamavam contra sacanagens e covardias da metrópole.

— Que porra aconteceu com Zezé? — Xica perguntou em sua língua um tanto destravada, mas onde boiava, já, a ponta de uma preocupação.

O sargento, sentindo-se encorajado pelo interesse de Xica-Deixa-Comigo, pediu licença ao droguista, levantou-se e, procurando canto discreto, contou à Xica que o filho, depois de umas tantas reviravoltas, estava refugiado bem ali na Igreja do Carmo, desde a véspera, acobertado pelo pároco.

— ... que a situação é perigosa, não pelo intendente e muito menos por Vosmecê ou por João Fernandes, que são nossos amigos e querem bem ao rapaz... Por isso, sobretudo por isso, vim eu hoje à Palha! Mas, perigosa pelos de fora... pelo ouvidor, homessa!, tipos cujas bandalheiras ocultas fogem ao olho dos que nos protegem, Xiquinha... E eu beijo-lhes as mãos... Eu que, em outro tempo... não é verdade?

— É... é sim! o ouvidor é um fresco de merda! Lá está ele... Veja como se enrosca todo ao falar com João Fernandes.

— Um carrasco traidor! Falso como Judas, homessa! Não tenha a senhora a menor dúvida! Um crápula capaz de vender a própria mãe!

— Aquilo nunca teve mãe... — e Xiquinha se foi às gargalhadas, levando o sargento pelo braço, para dentro do parque.

— Que nesta casa há segredos, ora bolas! — Juca das Drogas se irritava, comendo seu pastel e vendo que Xica e o sargento demoravam-se em suspeitíssimas reservas.

A questão é que, desde o começo, desde que Xica ouviu pronunciarem o nome de Zezé, os olhos cresceram-lhe de saudades. Naquele instante, para seu temperamento mais colorido do que o arco-íris, só havia o moço dentro de seu mundo. Até a galera deixou de existir. Depois, quando o sargento explicou que, da Vila Rica, apenas o filho e mais dois ou três conspiradores teriam conseguido fugir às mãos inclementes do governador, Xica, lembrança mergulhada num passado sem cuidados, só fez perguntar:

— Na sua casa ainda tem aquele porão baixinho, sargento?

— Sim... tem, homessa! E por que não havia de ter se a casa está lá? Não sei a que vem a pergunta... enfim... — O militar, embora não estivesse compreendendo coisa alguma de tal pergunta, suspeitou que Xica estivesse a preparar algum plano salvador para o filho.

— Por nada, uai! Pra saber... Olha: — e seu jeito voltou a ficar sério — amanhã, boquinha da noite, você me espera na porta do lado da Igreja do Carmo. Avise o pároco, mas em segredo. Vocês dois fiquem escondidos até que eu chegue. Não abra essa boca nem pra João Fernandes, escutou? Agora, vai que eu tenho de me preparar para a inauguração do meu barco. Veja lá no lago como ele balança faceiro! E já está todo iluminado... uma beleza, não é? Eu também vou daqui me pôr faceira e alegre que nem minha galera... Você vai ver! Té logo mais!

Mais tranqüilo, vendo até mais graça na festa de Xica-Amizade, o sargento tornou a seu lugar, na mesinha do Juca das Drogas.

— Que foi? É o tal fiscal da corte que já chega? — Amuado, o droguista comia seu quinto pastel.

— Quem sabe? — o sargento, assoando com estardalhaço sua pitada de rapé, aumentou segredos.

95

Passava da meia-noite quando Xica reapareceu para fazer seu embarque triunfal na galera.

A bordo, já Matias, cara pintada de preto conforme ordem de Cabeça, afinava a rabeca para a função esquisita, entre a flauta de mestre Raimundo, vus africanos e grandes atabaques manejados soturnamente por velhos escravos.

Para a ceia fantástica, Cabeça providenciava os últimos retoques; e, para a noite fabulosa, o escravo de todas as confianças já havia repassado, por igual, todos os detalhes profusamente ensaiados sob o olhar tolerante mas reprovativo do contratador.

— Os vinhos, as carnes, os doces... as roupas de cama e mesa... a luz.

"Xiquinha é uma fábula!", pensava João Fernandes, preocupado com o que havia de ser, dentro de sua auto-ignorada fraqueza, absolutamente dominado por Xica, escravo ele próprio de sua ex-escrava. João Fernandes sabia, mas não queria admitir a hipótese de pousar seu pensamento na realidade: a loucura começa onde a fantasia extravasa de seus limites...

No fundo, sabia o mal que lhe poderia causar o mundo de cartas anônimas e intrigas em profusão que transitavam livremente em Lisboa. Era o diabo! Por fortes sintomas que não queria recordar, já estava meio descrente da amizade protetora de Pombal, abalada em suas firmezas... Isso desde que nunca mais recebera uma única linha dele, até então fácil no escrever. É que essas coisas... João Fernandes considerava, inteiramente alheio à festa ruidosa, tantas vezes vai o cântaro à fonte que, um dia... sabe-se lá!...

Foram os fogos chineses a rebentarem em profusão que o chamaram à realidade do embarque glorioso, estourado em inconcebíveis espalhafatos. De uma liteira fartamente adornada de flores, fitas, plantas, frutas, papéis pintados e muitas outras miuçalhas, que atravessou o parque desde a entrada da rua, arrastando-se lentamente, entre cento e vinte escravos lavados, vestidos de cores e luzes, Xica apeou-se junto ao caisinho de pedra de onde uma pequena escada de madeira e cordas, como se usava a bordo das naus naturais, levava ao interior da galera.

Xica desceu vestida de ouro e, para contrastar com os marinheiros pintados de preto, trazia a cara inteiramente caiada de branco, e um véu negro de invisíveis malhas a guardar dentro de seu penteado em cascatas altíssimas, duras de breu, centenas de vaga-lumes vivos, a tremeluzir esvoaçantes entre uma enorme quantidade de palhetas de ouro puro. A cabeça de Xica-Enxurrada resplandecia no contraste muito preto dos cabelos de sua incrível peruca e o rútilo das palhetas à luz fria dos pirilampos.

De muito propósito, Xica-Assombros marcara para se apear justamente no único canto deixado às escuras do parque iluminado.

Nesse mesmo diapasão de fantasia e loucura, ia o resto do vestuário da mulata-absurdo.

João Fernandes, mais triste de sua pusilanimidade do que preocupado com o que poderia acontecer num futuro não muito distante, apressou-se a ajudar sua Xica. Lembrava-se de Caldeira Brant, tão desgraçado por muito menos... Sem o querer, deslumbrava-se e diluía-se dentro do delírio de sua mulata querida. O pior é que, só ultimamente, vinha tendo doridas certezas do comportamento de Xica com relação a impossíveis fidelidades. Ninguém podia tapar o sol com uma peneira! A mulata de seus dengos, lavada nas adegas e nas anáguas, paria fluição nas gretas e nas catas de seus mandos... A seus ouvidos, antes da voz corrosiva do povo, chegavam os miados da febre de Xica-Orgasmos, escarpando ecos nas bocainas tenebrosas daquela terra mui rude e mui cruel.

Felizmente, Xiquinha estava absorvida com ela mesma e sua magnífica representação para se incomodar com o que quer que fosse, inclusive já bem esquecida das andanças de Zezé, testemunha de sua experimentada adolescência.

Em roda, a multidão de convidados já se acotovelava para ver Xica a bordo.

No passadiço, pintado de azul-anil, dentro das exigências da mulata, Cabeça recebeu-a das mãos de João Fernandes para indagar submissas dedicações:

— Pode, nhanhã? Pode desamarrá? Os musgo pode começá a tucá musga?

À proporção que o barco, com a ordem de Xica, começava a se afastar da margem, coisa de trinta ou quarenta braças apenas, Xica dava início a sua bacanal particular. Bebe e força suas mucamas a beberem também, exageradamente. Aos escravos, ordena que esgotem garrafas de um só trago. Obriga Matias e mestre Raimundo a se embriagarem rapidamente. Já a música se descompassa. Xica berra, ordenando aos marinheiros, vindos especialmente do Rio de Janeiro, que bebam desordenadamente. O negro-de-fumo com que pintaram as caras começa a escorrer pelas barbas, pelas rugas do pescoço... Já os homens estão todos lambuscados de tinta, de vinho, de aguardente... Xica se ri e se diverte enormemente com o escândalo e com a repulsa que percebe envolver os convidados na margem do lago. Exigindo que o barco voe sobre as águas de seu lago, solta desesperadamente os cabelos, desmanchando os armados em breu, e, livre de peruca e do véu, dá liberdade à multidão de pirilampos que começam a luzir esvoaçares desorientados sobre o espelhado das águas represadas. Nisso, tira o vestido que atira pela borda. Arranca as anáguas caras e despe-se decididamente, semeando as peças íntimas por dentro d'água. As meias... os sapatos... Assim, nua, beija homens e mulheres, freneticamente, nos lábios, no corpo... Aperta-os com lubricidade, fingindo-se ainda mais excitada... rola pelo chão... ri... grita...

Para João Fernandes, o espetáculo é constrangedor, mas, talvez, por isso mesmo, mais do que nunca, deseja a sua mulata junto a si... sozinhos, os dois!

Num momento em que, buscando ainda maiores emoções, Xica debruça-se sobre a amuradazinha do convés, percebe, como num choque de relâmpago, a fisionomia triste do contratador. Inteiramente mudada, empurrando com o pé Matias que, de rastro, cara imunda de tudo, encorajado pelo excesso de bebidas, pelo cheiro do ambiente, pelas graças de Xica, tenta agarrar-lhe a perna para beijar-lhe um pé, completamente embriagado, Xica chama por Cabeça:

— Vá, Cabeça... quero descer dessa porcaria de barco agora mesmo! João Fernandes está precisando de mim. Vá, Cabeça... corre, uai! Quero descer já! — Enquanto fala, tenta embrulhar-se nos restos de seu vestido rasgado. Como o pano é insuficiente, toma, com brutalidade, a saia de uma de suas mucamas ainda vestidas. Mas tem de atender Matias, a seus pés, que puxa a fazenda com ganidos de cio, fazendo esforços para subir com as mãos até seus seios ainda nus.

— Ora merda! Me larga, filho-da-puta!

— Olaré! Olaré, que aqui vai tudo raso... brrrr! — reclama o músico atirado longe por um safanão de Cabeça. — Me chamam... para tocar! Depois, pintam-me de preto... há sacanagens... mas já não querem mais sacanagens!... Não entendo nada... mais nada mesmo... Aonde está minha rabeca?

Xica prossegue berrando, irritadíssima:

— Quero desembarcar dessa porcaria, Cabeça... Por que demoram tanto? Depressa... encosta logo essa porra! Chega de barco! João Fernandes está chamando por sua mulata querida... sua escrava... seu amor. Vá, Cabeça, encosta depressa!

A apressadas forças de cordas e varejões, comandados por Cabeça das obediências lascadas, a galera torna a encostar no cais, dando por finda sua malograda inauguração.

De um pulo, Xica salta e se abraça ao contratador. O beijo foi tão compacto que esmagou todas as sombras de todos os adultérios...

96

Com novas roupas, agora bem menos espalhafatosas, Xica volta a atender seus convidados, já esquecida do barco, do camarote preparado inutilmente, com tamanho esmero, para uma noite a ser passada com algumas de suas mucamas prediletas... A sua noite sonhada a bordo de um navio de verdade, ao balanço das ondas do mar...

Xica ainda está meio zonza da rápida bacanal apenas começada, mas procura agradar suas visitas, inda que seja pra humilhá-las depois.

Por trás de uma escrava que desembarca coisas íntimas e outros objetos que deveriam ser usados naquela noite fracassada, para a satisfação de mais aquele caríssimo capricho de

Xica, dona Hortênsia sacode o marido em sonolências abandonadas de gozo concluso.

— Não! Isso, já é demais! Não agüento... Ou você toma medidas enérgicas, de acordo com o seu cargo de maior autoridade desta terra, ou vamos embora! Não fico aqui nem mais um minuto! És um mamarracho sem dignidade alguma, é o que és! Eu é que não agüento o despique dessa negra. Moleca sem-vergonha! Agora, é por todas! Nunca mais! Vou me embora...

— Já vai, Hortênsia! Tão cedo ainda, uai!

A presença inesperada de Xica às suas costas, assustou Hortênsia. Mas, inteligente e rápida de raciocínio, explica candidamente:

— Não, querida... nem pensava nisso! Estava era dizendo que aquela sua mucama não vê por onde passa... Quase me atira com aqueles trens na cabeça! Por isso, chamei-a de moleca sem-vergonha... — E depois de uma pausa de vitória: — Que linda está a sua festa, hein? Que beleza! Assim, nunca se viu por aqui... Parabéns!

Xica já ia longe quando Mucó, despertando de todo, estranhou à mulher:

— Então, já não vais? Ora sebo! Já não queres mais ir?...

97

Por sua posição entre becos escuros, a Igreja do Carmo, ao anoitecer, fica ainda mais soturna.

No adro alto, deserto, semi-ocultos pela portada, o pároco e o sargento-mor, cumprindo ordens, esperam por Xica.

Na sacristia, os dois deixaram Zezé esperando também.

Só na escadaria de pedra, dois mendigos se aquecem mutuamente, embrulhando frios em um mesmo cobertor esfarrapado.

Enviesando passos pelo bequinho da esquerda, Xica sobe cautelas, vestida de homem, no já escuro da noite.

O chapéu à Frederico, enterrado na testa, e o cotovelo dentro da capa ancha, só deixam ver os olhos negros, de amêndoa, bonitos no corte, brilhantes de amor, inesgotáveis de gozo, ardentes de aventuras...

Quando Xica começa a subir a escada de fora, ao encontro dos amigos, surpreendidos com a iminência da visita estranha, embora esperada com a maior ansiedade, um dos mendigos saúda com voz profundamente baixa:

— Boa noite, dona Xica!

Deixando cair a capa com raiva, olhos de ódio, Xica se desilude do disfarce:

— Merda! — Mas logo, abaixando ternuras, beija um perdão na testa do mendigo.

98

— Mas que ficava bem bonitinha toda pintada de preto, lá isso ficava! Por dentro e por fora, hein, senhor pároco?

Já dentro da nave, sentindo-lhe a proteção das paredes sérias, Xica se descontrai e brinca. O pároco também ri, lembrando a promessa zangada de Xica, de mandar pintar de preto até as hóstias do Carmo, no dia em que, pressionado pela nobreza do arraial, representada por dona Hortênsia (dos Fonte Garcia), fora obrigado a bani-la do templo, pelos regulamentos ainda em vigor, só afeito a receber gente branca, sem pingo de sangue escravo.

A caminho da sacristia, Xica-Seguranças torna a se rir, nervosa pela expectativa do encontro com Zezé, depois de tantos anos de ausência.

— Veja a senhora como as coisas mudam! — o padre, ainda pensando na pintura da igreja prometida, filosofou caminhando. — Quando Deus Nosso Senhor abre uma ferida na gente é pra gente se lembrar que ele existe!...

— Meu filho! Oh, José! — o sargento chama, já na sacristia inesperadamente vazia. — Homessa! Não está?

— José! — também o pároco chama, intrigado com a coisa.

— Zezé! — o grito de alegria de Xica sobe correndo as escadas do coro, ao encontro do rapaz, escondendo cautelas atrás do órgão.

— Enquanto houver amor... — Zezé abraça a protetora amiga no meio da escadinha rústica. — Xiquinha...

— Enquanto houver...

Os dois se beijam doidamente, pouco se lhes dando a presença dos velhos embaixo da escada...

99

Já os quatro juntos, num banco lateral da igreja às escuras, só a lâmpada vermelha do tabernáculo abrindo uma triste réstia de luz que mal acordava os morcegos do campanário, conversam em voz baixa de conspiradores.

— Só mesmo Vosmecê, senhora dona Xica — o sargento era sincero em sua gratidão — me pode salvar o menino. Alguns amigos dele já estão presos... foram a ferros pro Rio de Janeiro... Se pegam o meu Zezé, é o degredo ou a forca!

Xica fala devagar, segurando as duas mãos de Zezé:

— Não pegam, não, sargento! Quando, ano passado, mandei levantar meu convento só pra pretos, pensei também que podia ser um refúgio seguro pra... até pra mim, um dia, uai!

— A senhora é uma santa! Nunca deixo de pedir a Deus perdão por aquele tempo...

Xica interrompeu o remorso de seu antigo amo:

— Nunca se arrependa de nada, sargento. As coisas que, hoje, nos parecem erradas, foram certas naquele tempo. Não há erros, meu amigo, o que há são lembranças tolas! — Xica-Esquecimento mudou de voz para as recomendações. — Cabeça está esperando pela gente ao pé do cruzeiro de baixo. Com cavalos novos. Vamos, Zezé. Tapa a cara e vem comigo. Vocês dois só saem depois da gente, viu? Bastante depois... Meia hora! Um dia, quando esta terra for independente do bosta do rei...

— Quando for... Deus seja servido!

— Quando for... quando for... Homessa! Quando for...

100

De cima, no frio da noite, que o inverno vinha frio nas quebradas da serra de ásperas locas e pedras cortantes dos muito passares dos ventos e do tempo, bonita era a lua brilhando crescentes em volta do convento dos pretos de Xica!

— Cabeça, meu filho, tu espera aqui! — e a mulata fez sinal para Zezé segui-la, rampazinha abaixo.

Os dois, na imponência do silêncio noturno que não ousavam trincar, desceram com cuidado para que os animais não resvalassem na lama que cobria a ganga bruta no chão.

Horas depois, no soturno diferente do chapadão imenso, a se perder serra atrás de serra, onde se chega a escutar o tempo roendo o coração da gente, Cabeça, mistérios crescidos nos dentros da noite comprida de espera, rondando fidelidades sem fim, começou a ouvir o miado de Xica ressumando longe as ardências do concluso na dor indefinida do amor.

De regresso, ao lado da ama em proteção abstrata mas continuada, o escravo gigante saudou sua machidão na lembrança do ouvido. Pela primeira vez, ousava, em tantos anos de submissão total, sentir a presença de Xica-Fêmea-Não-Mais-Senhora. Mas Xica-Oportunidade, percebendo, em claros de evidência, que o escravo distanciava seu animal para, em seu louvor, esconder brutos ímpetos perdidos no escuro do caminho, chamou-o com ternura:

— Cabeça, meu filho... vem...

Só o vento da madrugada envolveu e afogou o estouro de vida subitamente explodido na mata deserta, levando para os longes do mar, não apenas os berros costumeiros de Xica possessora e possuída, mas a semente magnífica da proliferação de uma raça, numa colônia exuberante que começava a despertar para dias melhores.

101

Uma semana depois, já enjoada da brincadeira, do barco, Xica dá ordem para que seus pretos visitem-no por dentro e brinquem de navegar para que, impossibilitados de verem ou reverem (aqueles que vieram da costa ou de mais pra lá, da África mesmo) o mar de verdade, tenham, pelo menos, uma idéia da coisa, ou matem suas saudades...

Dias depois, já seus negros fartos também da galera, Xica franqueia o barco e o lago aos demais escravos do arraial, aos pretos do ganho e aos forros ou já livres. Há uma ansiedade geral pela visita. Nobres e brancos ricos estranham a hierarquia usada pela mulata voluntariosa mas a vontade e a curiosidade em visitar o navio é tão grande que, engolindo cobras e lagartos, passam, todos, por cima disso, como detalhes de somenos... Esperam pela festa que, na certa, virá, ao final de tudo. Alguns brancos, todavia, embora também esperem ansiosamente pelo convite, fingem desdenhar do privilégio e comentam das janelas para a rua:

— Eu é que não vou lá... Não me pilham! Pra ver o quê? Uma imitação de navio de criança? Basta de caminhada, menina!

— É mesmo, Maria Henriqueta. Coisa mais boba!

— Então, pra mim, Cotinha... pra mim, que já viajei em navio de verdade!

— Sem ver terra? Dizem que, no alto-mar, só se enxerga mesmo é o azul do céu...

— Pode crer! Digo é porque sei!

Passaram mais semanas. Um mês. Chegou o dia dos mulatos e dos cabras.

Todos, de roupa engomada, recebem sua autorização para a visita ao lago... para o embarque na galera... para a viagem pra lá e pra cá, dirigida por Cabeça, vaidoso de sua nova profissão.

Houve romaria. Veio gente de fora. De muito longe. Mas só gente de cor. Cabeça é que não tem mãos a medir.

Terminadas essas derradeiras visitas, Xica anuncia ruidosamente que vai mostrar sua galera a todos os que a queiram ver... entrar dentro dela! Navegar no lago! Vai oferecer um grande almoço às pessoas que lá forem no dia que vai marcar. Para a gente mais importante, exige que deixem seu nome para o convite formal...

Passam-se mais dias.

A lista está bem grande. Enorme. Todos assinam. Mas, da festa, nem sinal. Termina o mês. Entra o seguinte, que termina também.

— Cabeça, meu filho, não quero mais ninguém no meu navio! Quem viu, viu! Quem não viu, que vá ver outro lá no Rio de Janeiro. Esses marotos brancudos que até parece que foram lavados com aguarrás, têm bastante dinheiro para a viagem! Também têm tempo de sobra porque são vagabundos que vivem à custa de seus escravos! Todos! E as vacas de leite das mulhericas deles não precisam ver essas coisas... não é, Cabeça? Já foram ao meu baile, uai! Chega! Já olharam o barco por fora... Cabeça, sabe de uma coisa: mande desmanchar o barco. O que puder aproveitar, dê a quem você quiser. A madeira que sobrar, dê de lenha aos pobres do arraial... mas que sejam pobres de cor... veja lá!

102

Depois disso, mais alguns anos se passaram sobre o império de Xica-Tempo e suas loucuras.

Crônica, no que se diz crônica, teríamos a registrar o dia-a-dia dos fatos, ainda que sem relevo a impressionar sensibilidades. Mas essas páginas, assim no jeito de romance, real na medida do possível, permitem — e até mesmo aconselham — o salto brusco sobre ninharias e repetições comuns no encadeamento dos dias de menor marcância. Evitando prolixidades, que só enfastiam, basta, para a boa compreensão da nossa história, o se dizer que a vida, no Distrito Diamantino, prosseguia num ramerrão costumeiro, sem cor nem relevos. Só João Fernandes, com as notícias que recebia constantemente de Portugal, particulares e oficiais, se espremia entre apreensões e fraquezas. Nem tentava pôr um paradeiro nos abusos cada vez maiores de Xica da Silva. Ao contrário: ultimamente, com um temor difuso que não saberia explicar, encolhia-se, permitia tudo, aceitava tudo, inclusive intrigas e malquerenças provocadas abertamente por sua mulata-só-vinganças.

Sempre com o triste exemplo dos Caldeira Brant na mente, já escalavrada por uma conformação de família, consolava-se, sozinho, sem deixar transparecer incômodos e receios. O fim seria o que Deus quisesse!...

O pior é que a mulata, se bem que continuasse a estourar carinhos e prosseguir regularmente, tal como nos primeiros dias de mancebia, com a mesma impetuosidade, naqueles terríveis requintes que matavam um homem, vinha, por último, não só fazendo uso de umas garrafadas esquisitas, como multiplicando-lhe dissabores com diferentes tipos de adultérios, repartindo os supraditos requintes, na forma do costume, com um cada vez maior círculo de parceiros, ultrapassando (ao que parece, por puro gosto) muros e paredes com aqueles públicos rumores felinos, já sem ao menos o resguardo da primitiva discrição, ainda que sempre rudimentar.

E o povo da rua tomava conta alegre: ajuntava aos fala-baixinho mais esses escândalos ridículos e crescia vingativamente em lamúrias de maledicências e acusações abertas, das mais rudes e covardes.

João Fernandes já apanhara mesmo dona Filó — toda recolhimentos — na igreja, a levantar, com certa propriedade, dois dedos sobre a testa, por trás de suas costas, já não tão largas... E raro era o dia que não lhe vinham, com parte de quem avisa amigo é, contar-lhe disse-me-disse que andavam pelo arraial, pela corte do Rio de Janeiro e até pelo reino, em Lisboa. E era a praga das cartas anônimas, dos boatos, do eco do difuso, dos extemporâneos...

Já a nova de uma prometida vinda de um fiscal autorizado d'el-rei para apurar desonras, desmandos e irregularidades financeiras, além de outras, era assunto corrente, desde há muito tempo, nas reuniões da Chácara da Palha.

— É, isso... — disse o Mucó com sua autoridade bem-informada, embora um tanto envelhecido pelo perpassar dos anos — vem mesmo! O homem chega e traz força... Ninguém se iluda! É que eu sei de coisas, ora sebo!

— Que devemos fazer, então, senhor contratador? Afinal, é homem d'el-rei que virá, e nós, cá na terra, só nos fiamos e confiamos na amizade de Vossa Mercê... nas suas ordens. É dar-lhas, homessa! É escrever ao senhor marquês... — lembrava o sargento, também já mais grisalho, mais cheio de rugas a se perderem pelo alto da cabeça...

João Fernandes, mexendo distraído seu conhaque morno com açúcar, franzia mais preocupações na testa:

— Que posso eu fazer, meus amigos? Que aconselhar? Que pedir? Que escrever ao Pombal? Me digam... — O contratador tinha consciência de sua impotência naquele sentido: — É esperar pela notícia oficial... pela confirmação... pelo homem! De qualquer forma precisamos hospedá-lo da melhor forma possível. — E, para a amante incrédula: — É bom que, com tempo, tenhamos tudo preparado, minha querida Xiquinha... Tudo pronto!

Dona Hortênsia é que não continha sua euforia novidadeira, por debaixo de muita devoção falsa aos donos da casa:

— Agora mesmo! — e cochichava por entre as mesinhas do jardim da Palha: — Acabo de saber de fonte limpa que o fiscal virá! Um nobre. Severíssimo! Vem de Lisboa especialmente. Valha-nos Deus! Será uma calamidade... sim, porque como as coisas andam por aqui... O homem, vocês podem estar certas, não deixará rato em toca!

— Aí é que são elas! Vai haver muita gente pulando em chapa quente que nem peru de festa! Ora se vai... — a baronesa lamentava com hipocrisia. — A que misérias uma sem-vergonha leva um homem honrado!

— Também... dizem que, na cama, o diabo da negra vira Satanás em pessoa! Todo o arraial já conhece, desde seu tempo de escrava, aquela berraria indecente! Dizem que é doença! Enfim... um descalabro! Uma coisa... — dona Josefina, uma de ao pé do Paraúna, falava tremendo o buço grávido de virgindades da mais santa inveja do que Xica-Berreiro fazia ou deixava de fazer.

— Bem feito! Quem mandou? — A filha do meio do alferes Quirino, a que se benzia a cada passo que dava, agradecendo a Deus não lhe ter reservado a sorte safada das prostitutas, tremia também de muita vontade de ser como Xica um dia na cama, gritar como os gatos sofrendo misérias, estrias na carne, marradas nos baixos, rolando no chão prazeres conclusos...

— Doença mesmo! — ponderava o sacripanta do Juca das Drogas. — Tem se visto muito disso... No Rio de Janeiro, no meu tempo de rapaz, conheci uma polaca que...

Só o pároco reclamava que, às vezes, notava, baixavam a voz e que tal procedimento, em casa dos outros, soava bem mal, pois deixava entrever que o que se falava não eram bondades nem coisas bonitas... que surdo era ele, por isso, não tinha respostas a dar, mas afiançava que a casa era farta, a comida gostosa, os donos amigos e, se alguma vez, a Xica fazia excentricidades, é que bem podia fazê-las e tinha sua graça e os aplausos de todos, sinceros ou não!

Mas o que mais escandalizava — e revoltava — a gente da Demarcação era a sorte fabulosa e a saúde de ferro que cresciam seus dons na pessoa odiada do contratador.

Essa humilhação, pior do que todas as que Xica lhes dava, é que o povo não perdoava! Os diamantes multiplicavam-se em suas mãos numa teimosia inacreditável. Por menos que João Fernandes perseguisse garimpeiros e contrabandistas, mais surgiam pedras em seu caminho! Até nos sítios onde, antes, não se achara qualquer indício de brilhantes, as gemas saltavam como peixes junto a uma candeia acesa! Por isso, o povo espumava como trem aferventado...

103

Um dia, empanando tamanhos brilhos e sacudindo tanto papo-pro-ar, chegou mesmo a carta fatal do reino, dando conta da vinda próxima do fiscal d'el-rei, a mando do Real Conselho

Ultramarino. Houve correrias. É que alguém lembrou que o tiro podia muito bem sair pela culatra... a coisa podia se transformar numa devassa geral! Então, seria um pega-pra-capar sem tamanhos. E não só João Fernandes, talvez o que menos viesse a sofrer conseqüências por causa de sua imensa fortuna, e em decorrência da notória amizade ao marquês, mas todos aqueles que tinham cabritos pra vender — e que não eram só contrabandistas ou atravessadores — haviam de pagar caro por velhos trambiques e trampolinagens.

— Será!? — Hortênsia se amedrontava em sua penteadeirazinha branca, arrependida de tanta intriga, carta e denúncia... — Será que meu marido!?

Aconteceu que o tempo foi passando... fez um ano da comunicação e o homenzinho não apareceu. Aos poucos, tudo ia tomando antigas trilhas, ia ficando o dito por não dito, a sarabanda no arraial tomava a velha embocadura, e tudo continuou como dantes no quartel de Abrantes.

Com mais algum tempo corrido, cerca de mais de um mês, esquecidos do aviso real, todos se acomodaram em definitivo.

Na casa de Mucó, o velho intendente retomou velhos hábitos de dormir sua sesta após seu prato de lombo com favas e sua meia canada domingueira de vinho rascante.

Só Xica da Silva não mudara com o susto geral; não mudou depois; e não levava jeito de mudar, um dia...

Naquela tarde mesmo, quando João Fernandes completava dezesseis anos de administração, chegava mais um comboio expresso de trinta e quatro animais, da corte, totalmente carregados com trens para Xica-Fabulosa. E, à noite, já os dois, na estrondosa cama da chácara a mulata aconselhava em banhos de seriedade:

— Ora, João Fernandes, nunca vi rico trabalhar! Por que você não fica em casa fazendo daquelas coisas gostosas, dormindo... comendo?... Eu não posso é ficar longe de você. Não posso mais não, uai! É amor.

João Fernandes, embora o amor referido por Xica, dava pé à reclamação: mais uma vez dentro daquela semana tinha marcado uma viagem às minas novas de São Francisco recém-abertas com o sucesso obtido por tudo o que levasse o toque das venturosas mãos do contratador.

E a viagem era para o dia seguinte.

— É bom que você, minha vida, vá se acostumando a ficar longe de mim! Bom que você vá pensando na possibilidade da chegada repentina de um fiscal do reino... Então... era uma vez um senhor contratador! Não é de hoje que se fala nisso e, minha filha, nunca vi fumaça sem fogo!

Xica não falava nada; os olhos muito redondos no amendoado natural, ouvia com muita atenção os pessimismos do seu homem.

— Se o povo, de besta — João Fernandes continuava falando, os dois deitados na cama enorme —, se o povo se esquece depressa das coisas, nós devemos ter mais bom senso, querida!

— Cadê que o homem veio? — Xica resolveu falar. — Você, amigo toda vida desse Pombal mandão, acha mesmo que ele vai mandar alguém fazer mal à gente? Vai dar confiança a carta de denúncia e essas tolices do povo que se fala por aí?

João Fernandes estava tenso. Preocupava-se com o futuro de sua mulata mais ainda do que com o seu próprio. A riqueza, só nas mãos dela, seria absolutamente estável... Nem casados eram! Sem perceber que as mãos de Xica, por fora de preocupações com o dia de amanhã, já ensaiavam, sem comedimentos, inícios de fervura por debaixo dos lençóis, João Fernandes explicou:

— Não são denúncias bobas que, um dia, hão de trazer fatalmente um homem do marquês, minha cara Xiquinha... Talvez as cartas sejam um pretexto, isso sim! Por isso demoram a chegada do fiscal... A coisa é bem mais grave, Xiquinha, meu amor. Presta toda sua atenção: o mundo, meu bem, evolui. A colônia também, é claro...

— Que qui é evolui? —Xica apressou o movimento das mãos.

— Andar pra diante. É isso! Hoje em dia, há um contrabando bem mais perigoso para o reino do que o de ouros ou pedras. Muito mais! Um contrabando de importação, quer dizer, de fora para dentro. Ao contrário do de Teodoro que é de dentro para fora. Esses terríveis contrabandistas de quem falo, em vez de Teodoro, chamam-se Voltaire, Rousseau e outros mais...

Xica franziu uma carinha de "não tô entendendo nada, uai!", mas João Fernandes estava por fora de tudo e falava quase que para si mesmo:

— Na França, o país onde se fabricam essas coisas todas bonitas que chegam pra você, meu amor, também se fabricam idéias, sabe? Esses pensamentos são escritos em livros. Aqueles escritores de quem falei e fazem isso, são chamados filósofos e livres-pensadores. —João Fernandes, distraído com suas palavras, desviou a mão teimosa de Xica em íntimas sondagens. — Espera um pouquinho, filha. Deix'eu terminar. Esses livros, como as pedras de Teodoro, também são contrabandeados. Chegam às mãos dos jovens daqui, meninos corajosos que nem o Zezé, e é um perigo dos diabos para o sono d'el-rei! É por isso que eu acredito na vinda, a qualquer momento, do tal homem reguengo. Precisamos é estar preparados, minha negra. Cachorra! vai tirando essa mão daí que a lua, hoje, não tá pra peixe!

— Por falar nisso... em lua... nossas coisas, sabe, João Fernandes? Sonhei a noite passada, todinha, com um lugar diferente... — Xica voltou com a mão expulsa. — Outra coisa: minha mão não é mascate que você despeja da Demarcação com dois berros, uai!

João Fernandes se riu com amor:

— Quem sou eu pra despejar a mão da senhora Xica da Silva, dona do contratador dos diamantes da coroa portuguesa? — João Fernandes era supersticioso. Acreditava em sonhos, sobretudo de sua amante. — Mas que lugar era esse do teu sonho? Fala! Conta logo, diabinha! — pediu, aflito.

— Era um rio grosso. Tinha uma pedra pontuda por detrás de uma curva grande... Bem em cima da pedra, uma lua redonda... amarelinha! No fundo do rio, cada brilhantão que não tinha mais nem tamanho! Uns por cima dos outros. E você, bem, minerando com seus escravos a pé enxuto!

João Fernandes já estava inquieto, por baixo das cobertas.

— Espera! Você viu um rio grosso? Uma curva grande, minha filha? Uma pedra pontiaguda por trás... com a lua nascendo bem por cima? Nossa Senhora das Candeias, minha Xica: é a garganta do Nó! No Jequitinhonha. Estive lá outro dia. Vi a lua... uma pedra alta... pontiaguda, por trás de uma curva grande, doce... Tudo, exatamente assim... É a garganta do Nó, sem tirar nem botar, querida! — João Fernandes fervia em inquietações. — A lua subindo por detrás... devagarzinho... Eu e meus negros minerando de pés enxutos? Você viu, no sonho? Viu, mesmo? Você viu muitas pedras grandes?...

— Vi, uai! Não estou lhe dizendo? — Xica estava quase assustada com os entusiasmos do contratador.

— Está decidido! Vou mandar cercar o rio... Metê-lo no tronco...

— E você vai garimpar lá?

— Claro, querida! Claríssimo. Está decidido, sim! Amanhã mesmo vou mandar meus homens pra lá... pra garganta do Nó! No Jequitinhonha... Já não vou mais ao São Francisco... às minas novas...

Mesmo com todas as artes de Xica-Brandura, aquela foi uma noite de ansiedade! João Fernandes vigiou, noite inteira, ante seu novo mundo de pedras que, como se já fossem realidade, via brilhar dentro do quarto, já escolhidos, já limpos, facetados...

— Meu Deus! — O contratador lembrou-se de Felisberto Caldeira Brant, do pai, de Antônio dos Santos Pinto, de Domingos Bastos Viana, todos contratadores antes dele, todos terminados tragicamente... Lembrou-se da lenda do bode negro, e teve um arrepio. — Meu Deus! se tanta riqueza há de ser a causa da minha perdição, fazei com que todos esses diamantes se convertam em negros carvões!

Xica se alarmou:

— Uai, sô! Que trem esquisito deu em Vosmecê? Larga de falsas descasadas, João Fernandes!

104

Duas semanas depois, já o bicame pronto para receber as águas do rio; as grandes e compridas tábuas unidas com fortes gastilhos, bem calafetadas, nas juntas, com estopa e embiruçu; toda a faxina de capim ensacado com pedras prontas, bem à mão; cada homem em seu justo lugar porque, no momento crítico de suspender o rio, não pode haver uma única falha, por menor que seja, indecisão, descuido ou desleixo; João Fernandes, sobre a margem mais alta da curva grande do sonho de Xica, o pico áspero por detrás, encimado pela lua que se levantava, deu a ordem nervosa para que metessem finalmente o Jequitinhonha no tronco, isto é: numa luta rápida e terrível do homem contra a torrente, fechar-se a passagem estreita que restou à água da tapada laboriosa e desviar todo o rio para cima do bicame, deixando o leito seco, na extensão programada para a colheita incerta e aventurosa das gemas preciosas.

Em vinte minutos, atirado na boca da barragem vencedora o último "judeu", como eram chamados os pesados feixes de mato e areia, o rio regouga. Cresce. Brame furiosamente como se tivesse raciocínio, invadindo, sem outra alternativa, o bicame, em toda a sua capacidade. As tábuas rangem ao peso repentino da enorme massa d'água. Redemoinhos se multiplicam aumentando a beleza do espetáculo. Está limpa a cata!

Através do esforço titânico dos noventa negros já dentro do leito, movimentando as bombas para enxugar completamente depressões e poços porventura restados, e as algumas águas que sempre se infiltram por entre as calafetações da represa difícil devido à grande altura que as margens a pique exigiram elevar o cerco extraordinário; já aprontada a dinamite para quebrar rochas possivelmente encontradas a estorvar a exploração, João Fernandes teve uma visão absolutamente promissora na magnífica conformação do terreno. Aproveitando o luar aberto nas nuvens muito brancas de inverno seco, os escravos dão imediato início à mineração. Trabalham em turmas, todas elas muito abaixo do nível do bicame espumejante.

Como excelentes premissas, duas pedras graúdas, de mais de oitava, foram achadas imediatamente, entre muitas outras menores. Mas o administrador, o sor Marcelo, baiano de muitas competências, nota, de cima, que uma das tábuas laterais está cedendo ao empuxo, deixando cair muita água em uma das furnas centrais, exatamente a que forneceu as primeiras pedras de valor.

Chama um negro da ronda e manda que, sem demora, ajeite a coisa. Desce o negro mas, na descida escarpada, o marrão se lhe escapa das mãos e vai cair precisamente dentro do bicame. Com o choque, um gastilho desafrouxa. Sem a cunha que escapuliu e foi levada pela torrente, a tábua solta força os gastilhos vizinhos que se desafrouxam também e vão cedendo um a um, as cunhas respectivas levadas pela água em revolta.

João Fernandes arregala os olhos ante a desgraça iminente... imprevisível!

— Meu Deus do céu! Minha Nossa Senhora! Fujam todos! — berra, de cima, em desespero. — Fujam! Fujam! Que desgraça!

Tarde demais!

A tragédia consuma-se em segundos. Todo o bicame cai por terra como um baralho de cartas. As águas, saltando agilidades, escapam à prisão do bicame desfeito, invadindo de supetão o leito que lhes fora roubado. Rompida subitamente em turbilhões, a torrente leva de roldão os negros, as ferramentas e todos os materiais. Corpos de afogados começam a encalhar rio abaixo. Muitos mutilados.

É um acaba-mundo!

Quando João Fernandes se vira para não mais ver tanta desgraça, seus olhos sobem ao céu, vagamente, pelo penhasco do sonho de Xica-Fatalidade. Só que, lá bem no alto, em lugar da lua grande de há pouco, está um vasto bode negro sobre seus quatro pés bem ajuntados em cima da rocha.

105

— Xiquinha de minh'alma! Uma infelicidade tenebrosa! Uma desgraça... — o contratador, voz apagada pela emoção, as roupas em desalinho total, cabelos emaranhados, narra a sua mulata o acaba-mundo.

Xica ouve calada. Brinca, distraída, com seu comprido colar de ouro de muitas voltas. Súbito, explode revoltas:

— Culpa da vida, meu bem! Culpa do caguincha do rei... desses merdas todos que, como o teu padrinho, precisam dessas porcarias de pedrinhas vagabundas, uai! Pedrinhas que fazem virar tudo em ouro... em dinheiro! Pra quê?

— Eu só queria, agora, morrer, minha querida!... — e João Fernandes era sincero em sua grande derrota.

— Morrer? Tu? Tu tá é maluco!

— Não, minha querida. O melhor... o certo, mesmo, é deixar as pedras onde Deus as colocou. Teodoro é que tem razão: a gente começa a amar os diamantes ainda antes de os encontrar no chão... Com o tempo, passa a querê-los mais no corpo do nosso amor. Vai indo, começamos a ver nesse corpo o próprio corpo da terra... dessa terra rude, áspera, feia, mas repleta de vida, de sortilégios, de sentimentos...

Xica percebeu a necessidade de levantar o ânimo do companheiro. Num de seus raros momentos de tristeza, olhos profundos de bem-querer, narinas extremamente dilatadas como que em busca do ar que lhe faltava, forçou uma risada alegre:

— Vá, bem! Deixa desse negócio de verso! — rápida, muda o tom da voz como para uma oração, falou com os olhos ainda mais amendoados: — Para os nossos negros que morreram, o meu amor! — e logo, retomando a risada interrompida: — E nós? Vamos pra diante, uai! Na vida, é assim mesmo: um é a roda do carro, outro o coxim de seda. Quem tem culpa? Me diga?...

106

Pelos rudes caminhos de Mato-Dentro, poeirentos da muita seca do inverno só frio, vinha uma comitiva importante, assustando, nos luxos, os colonos do interior.

Comandada pelo sargento Bento Soares Brandão, uma esquadra de dragões dava guarda de muita responsabilidade ao viajante principal, evidentemente nobre de muita grandeza.

Armas pintadas a fogo no charão das portinholas da liteira morosa, davam-no como conde.

Pouco além de adolescente, enfastiado da viagem longuíssima que não acabava mais, o homem trazia uma cara fechada em zangas profundas e poucos falares. Milagre mesmo era a roupa elegante, em alinhos aceitáveis de vincos e limpezas, para tão ruins caminhos: cabeleira empoada, uma laçada fina, de gorgorão, arrematando a extremidade em rabicho, camisa de folhos certinhos pelo ferro de engomar, colarinho baixo, gravata de lenço desesperadamente bordado, colete de cetim francês com lantejoulas, abotoaduras de pedras enormes, casaca amarela, comprida, sem enflaques, relógio com cadeia de ouro, bengala curta, de castão e pontas também de ouro, os sapatos pontiagudos, guarnecidos de fivelões prateados, e meias dessas apertadas em cima, pelo calção de fitilhos, florete com armas no cabo cinzelado, assim era o conde.

E esse major Brandão, fique logo registrado em nossa historinha, cagando em sua memória, sempre com bastante saúde e disposição — que ovo de cobra não gora —, foi o mesmo traste ruim que, alguns meses antes, com um seu colega João Inácio do Amaral Silveira, outra boa bisca que terminou nomeado intendente, mais tarde, a substituir o Mucó, só de uma assentada, decapitaram, nos silêncios da serra de Itacambiruçu, treze faiscadores contrabadistas, afora os que mataram a tiros. E, conforme consta da crônica, não permitiram que cristão algum, sob pena de se tornar também suspeito de praticar o contrabando, recolhesse os corpos que, por causa de tanta caridade, serviram de bóia pros corvos — que é o nome literário dos urubus.

107

Tão notável gente a caminho do arraial fez com que a notícia rebatesse na Chácara da Palha, antes ainda do conde passar por Ressaquinha.

Ouvindo a nova, João Fernandes afastou seu cálice de conhaque com açúcar, já sem nenhuma dúvida: faceiro assim, só poderia se tratar do filho-da-puta do fiscal d'el-rei, esperado já fazia uma eternidade...

Cabeça que se despencasse na correria para avisar as autoridades da terra, sem muito tempo mais pra prepararem um arremedo de recepção, com algum pouco de dignidade, ao homenzinho.

À Xica, ele mesmo levaria a novidade, com carinho e cuidado.

— Deix'ele, meu bem, tomar chegada, uai! Há de se

arrepender. Não dá ponto ninguém se meter com quem está quieto em seu lugar. Essa melancia tamboeira vai sair daqui com um abacaxi enfiado no rabo, com rama e tudo!

O pior é que Xica-Renitente não estava levando a sério coisa de tal gravidade! Inútil tentar explicar a sua mulata querida — João Fernandes lamentava o fato — da necessidade de tratar bem o sacana do fiscal. De nada adiantava querer tapar o sol com uma peneira: o homem era importante e trazia força! Em contrapartida, o contratador sabia de sobra que a corrupção ainda é a melhor maneira da gente se livrar de inimigos cuja pouca fortuna é bastante desproporcional à soma dos muitos encargos e poderes de que são investidos.

E esses fiscais, o contratador não tinha dúvida alguma, costumam vir muito mais atrás de riquezas pra si do que em defesa dos bens da coroa. O jeito é aceitar-lhes o jogo e tirar proveito dos trunfos...

Apenas, o que lhe punha uma pulga atrás da orelha é que o sacripanta que já vinha na altura de Ressaquinha, só podia vir de ordem do Pombal — que o imbecil do dom José talvez nem soubesse onde ficava o Brasil — e o marquês todo-poderoso era um tipo instável e imprevisível, por isso, não havia quem pudesse contar com ele e muito menos com a fidelidade de sua amizade.

Na verdade — João Fernandes considerou preocupado — ia já para quatro anos que Pombal nem sequer respondia-lhe mais às cartas... Só Xica não queria compreender que a situação era séria.

Mas o melhor era esperar pelo que viesse, com um otimismo razoável. Mesmo porque não havia mais tempo a perder.

108

Já muito próximo, dobrando a vertente da serra de São Francisco do lado que dava para o arraial, apenas a grande comitiva apontou na estradinha cheia de sol e poeira, João Fernandes tomou a dianteira de seus ilustres acompanhantes. Sem dar a menor atenção ao major que fez menção de tomar-lhe as rédeas, o contratador apeou-se junto à liteira, depois de atravessar, pela frente, os dragões montados em piquete.

Arredando a cortina azul que resguardava o conde do sol, João Fernandes falou desinibidamente:

— Sou João Fernandes de Oliveira, o contratador dos diamantes do Conselho Ultramarino, nomeado pelo excelentíssimo senhor marquês de Pombal, por designação d'el-rei. Por lástima, Excelência, nada temos preparado para receber condignamente tão augusta visita. É que nenhum aviso recebemos no arraial sobre a vinda de Vossa Excelência, senhor conde...? É indesculpável mas, como vê, nem mesmo temos a subida honra de saber-lhe o ilustre nome.

O conde olhou o contratador por cima, sem demonstrar qualquer interesse em sua pessoa. Não fez nem mesmo um pequeno gesto a confirmar o que estava ouvindo. Era como se estivesse com os olhos mergulhados na cordilheira sem fim, a meia viagem. Transbordando empáfias, fez foi se aborrecer ainda mais, ao perceber a delegação apressada do arraial que, embora organizada para vir a seu encontro, se mantinha respeitosamente um pouco mais afastada.

Sem pressa, sem uma única inclinação de cabeça a corresponder cumprimentos, o conde recitou através da pequena janela da liteira, dando ênfase a sua já exagerada petulância:

— Dom José Luís de Menezes Abrantes Castelo Branco de Noronha, conde de Valadares e atual governo desta capitania. — Percebendo que os demais companheiros de João Fernandes se desmontavam, submissos, prosseguiu mais alto: — Emissário Especial e Plenipotenciário d'el-rei de Portugal, em missão reservada no arraial do Tijuco e na Vila do Príncipe, da Comarca de Serro Frio — e, depois de uma pausa: — Espero não encontrar dificuldades para... — o gesto vago, terminou-lhe o pensamento. João Fernandes ainda aguardou alguns segundos:

— Pois queira aceitar as nossas melhores saudações e votos sinceros de boas-vindas, senhor conde de Valadares.

Chamando com as mãos, João Fernandes convidou seus amigos a se aproximarem e, ali mesmo, ia começar a fazer as apresentações do costume, rezadas no protocolo metropolitano, mas o nobre interrompeu-o com impacientes irritações:

— Deixemos os cumprimentos pra mais tarde! Quero me recolher aonde for possível. Pelo visto, aquilo por lá será pouco mais do que uma pocilga... — e, com um dedo autoritário, apontou o arraial embaixo. Depois, com o mesmo dedo, ordenou ao major que prosseguissem: — Major! Vamos...

— Já que nos falta um palácio na terra, Excelência — João Fernandes sorriu sem se desconcertar —, espero ter a honra e o privilégio de hospedá-lo em nossa Chácara.

— Seja! Uma chácara? Terá um banho? — o conde considerou e condescendeu. — Guie-nos até lá!

— Cruzes! — Já mais distanciados dos dois, o sargento-mor critica ao ouvido do compadre intendente: — Credo! Que orgulhoso é! Um poço de vaidade...

— Presunçoso é o que é! Conde... conde... e o homem é um conde! É nobre. Mas não tem educação. Ora sebo!

Entrando no arruado, já o sol bem alto, cruzaram todos com o pároco, batina entre as pernas gordas, aflito nos atrasos:

— Este a que vem? Me digam: este a que vem?...

— Vem ver quem tem cabritos pra vender... — dona Hortênsia esclareceu, nervosinha. Mas, por dentro, apesar da tensão geral, concordou: — Lindo homem! Deles, gosto assim. Moço, belo mas sisudo! Não ri à toa!

"Desses, no amor, valha-nos Deus! são infernais. Bem os conheço de Portugal! Que saudades de lá! Oh, que saudades! Este, nem será como os de cá que levam a se misturar com negras... O conde é só... sem mulher... há de precisar de alguém... coisa limpa... havemos de ver!"

109

Na cozinha da chácara, Xica-Ventania se divertia a valer! Em lufa-lufa novidadeira, não conseguia acreditar no conde que, conforme aviso de Cabeça, já vinha conversando com João Fernandes na altura do arraial, os dois, a pé, caminhando lado a lado.

Exagerando sua fé na amizade do Pombal a seu companheiro de tanto tempo, e mais ainda, confiada na inteligência e habilidade dele, Xica-Novidadeira, sem levar o conde a sério, zanzava travessa de lá pra cá, com muita alegria, bulhenta e estouvada, gozando mais festas em tintas mui fortes; sonhando funções, e bailes... teatros e o mais; e tudo o que, certo, viria na terra com o conde de bosta em cheias presenças.

— Vamos, meninas! Vamos, molecas! Caprichem na bóia

que o gajo é um conde! Venham, ladinas! O gajo é um conde mas é nobre mesmo, limpinho, asseado. Não é carepento! Figênia, é um conde, uai! Quem viu disso por aqui? Tirando o barão, corninho de merda, e a baroa da bunda mole, aqueles nobrecos do Macau de Baixo, que mais de atrocata... aritro... aribrocrata... sei lá! Minha língua não dá! disso mesmo que tem no Distrito?

Mucamas, com as ordens, corriam matando galinhas, guisando comidas, assando leitões, arrozes de forno e doces e o mais, mais isso e aquilo... E Xica falava! Pedia atenção:

— Olhem, vocês tomem cuidado com os pratos pro homem! Xiquinha, te esmera no de-comer... Pra nós e pro conde, a galinha cozida; pros outros, que só vêm cá encher bem as panças, qualquer coisa serve... Que importa? Pro pároco, um boi; um boi pro Mucó!...

Destampando uma grande panela, Xica cheira forte... funga mais e indaga curiosidades:

— Que é isso? Cabrito? Que porcaria!

Foi Tonha que contou que o cabrito era para dona Hortênsia. Cabritinho muito especial que era só o que a mulher do Mucó gostava de comer. ("Doidinha por isso!", Tonha esclareceu.) Ela e o sô intendente... Cabritinho bem novo, cozido no leite...

— Ah! é assim, uai? Por que ela não vai comer essa merda na casa dela? Sabe o que mais? — Jogando um punhado de sal dentro do caldeirão, Xica gozou a safadeza: — Pois agora é que vai ficar melhor ainda! Convidem também o ouvidor pro cabrito... o barão e a baroa... — a cada convidado que nomeava, repetia os punhados de sal na panela... repetia as gargalhadas, os sestros, os dengos...

Dançando pela cozinha, abraçada ao boiãozinho do sal, Xica volta-se e, morrendo de rir, cospe no cabrito:

— Agora sim, meninas! Agora é que vai ficar ainda mais gostoso, uai! — e cospe outra vez dentro da panela. — Agora está bem temperado, não está, Zefinha? Cospe também... e você, Figênia... Tonha... Chiquinha, cospe também... cospe! Quanto mais cuspo, melhor!

110

— Tão chegado! Tão na porteira... — uma escravazinha ladina entrou esbaforida, anunciando o mundo!...

— Vamos, gente! Vamos, uai! Quero é ver esse bicho de perto.

Xica saiu da cozinha como um tufão: saias erguidas acima das canelas, levando tudo pela frente, de roldão, sempre às gargalhadas. Da porta ainda recomendou:

— Tonha, cospe no cabrito... cospe mais... manda todo mundo cuspir...

111

Com a mão na porteira, João Fernandes se demorou, sem pressa de abri-la, sentindo melhor a força do conde já bem amansado e adestrado, depois que, no caminho, falou-se em dinheiro, em pedras graúdas, em ouro a granel, em terra-fartura-de-um-tudo-sem-fim, em bandos de escravos, baixelas de prata, docéis de rainha em camas-quimeras, em linhos alvinhos da França e da Holanda, em roupas de mesa, em grossas comidas, em vinhos, conhaques... em brindes, presentes, ofertas e dádivas, que esperto era ele, o contratador, e mui bem sabia o ímã do ouro, o peso maroto de uma riqueza acenada a preceito, no justo momento de exato capar... Sentindo melhor a força do conde — que o diabo não é tão feio como se o pinta —, João Fernandes falou:

— Rogo, senhor conde, que Vossa Excelência se digne apreciar, com bastante vagar, a beleza agreste de nossa paisagem muito diversa das européias — e apontava com a mão para ilustrar a sua expressão. — Aquelas pedras rudes que se vê por toda parte... a cor estranha que o sol da tarde lhes empresta por momentos, cambiantes do amarelo-ouro ao azul profundo... Veja! Bem suspeito que Vossa Excelência ainda não viu coisas que tais... Nunca! Note aquela vegetação diferente... áspera... bruta...

— Realmente... realmente... — percebendo que gente da comitiva se aproximava dos dois, Valadares retomou seu ar petulante, de extrema superioridade. — E! Com efeito, é um espetáculo muito estranho. Depressivo! Estranho, sobretudo aos olhos de um português, acostumado a paisagens doces, com ordem. Isto por aqui será uma beleza por refinar... um outro sentido de belo... talvez!

— Aquela serra... creia-me, Excelência. — João Fernandes não percebeu o pedantismo do conde e prosseguiu falando, encantado como sempre com o espetáculo grandioso. — Eu já estou aqui há quase uma vida... no entanto, sinto que, cada dia que passa, suas pedras agressivas mais e mais se aproximam de mim... do meu coração... não sei! Eu as amo mas desconfio que elas vão me esmagar, um dia...

— Todavia é delas, senhor contratador, que o senhor extrai sua fortuna... seus brilhantes belíssimos...

— Diamantes d'el-rei, senhor conde!

O impacto do conde não foi tanto pela resposta desassombrada do contratador como pela absurda chegada de turbilhão a levantar folhas secas, a mulata veio de dentro da casa num passo canalha, cabelos em desalinho, suja, descalça, e se meteu entre o conde e o amante, cada qual mais estarrecido, coçando-se exageradamente debaixo de um braço. Encostando-se na porteira, falou sem modos, quase aos gritos:

— Pode chegar, seu conde! — e estendeu-lhe a mão imunda de carvão. — Vamos entrando... a casa é sua, uai! Vosmecê é quem manda... Eu sou a mulher dele! — quando Xica apontou pra João Fernandes, o contratador quase desmaiou dentro de um misto de surpresa, revolta, indignação, tudo sem compreender o comportamento da mulher. — Sou a Xica da Silva. Já ouviu falar?

O conde afastou-se com medo. Sufocando ódios, evitando os perdigotos propositais só imaginados pela borbulhante loucura de Xica, esforçando-se para se integrar na cena fantástica, olhos fixos agora no contratador como a indagar impossibilidades, disse muito intencionalmente:

— Sim... já ouvi, sim! — E já refeito do primeiro choque: — Já ouvi alguns comentários sobre seu nome... Até na Europa!

— Supimpa! Que bom, não é? Mas seu conde, vamos conversar lá dentro, uai! — Largando um olhar improvisado em mais molecagens, acrescentou se rindo: — Cadeirinha macia pra bunda cansada!...

Valadares não teve mais dúvidas sobre o jogo atrevido, na verdade um pouco forte demais:

— Falávamos exatamente sobre a sua terra. — O homem chegava a trincar os dentes. — Com efeito, é uma terra esquisita! Mestiça, me parece. Como que de sangue negro... africano... escravo. Até o cheiro dela é desagradável para nós, brancos, europeus... acostumados com a higiene da civilização... com muito asseio... muita limpeza... muita educação...

— Europeu não é preto também, uai? — O desplante de Xica não tinha mesmo limites. — Embora... vamos chegando... Vosmecê, com tamanha educação, não é boneco, não é? Precisa comer... mijar... tomar um banho... Então, vamos deixar de cerimônia boba... vamos entrar! Seu conde vai ficar pousando aqui mesmo, com a gente, não é? Então... uai! Vamos deixar de besteira...

112

— Incrível! Simplesmente inacreditável, meu bem! — Pela primeira vez João Fernandes estava deveras zangado com sua Xica querida. — Afinal, amor, o que você quis dizer com aquilo? Suas roupas... descalça... suja! Além disso, os seus modos... sua linguagem? Cadeirinha pra bunda cansada é lá coisa que se diga a um conde? Sou a mulher dele... seu conde... não sei, não entendi patavina! Positivamente...

Xica, já lavada, se ria sem pressa de responder. Pelo contrário, com muito carinho, passava a mão pela cabeça do companheiro em extremos de doçura.

Xica e João Fernandes estavam conversando no gabinete particular da chácara enquanto Valadares tomava seu banho e se aprontava para o jantar. Os convidados, os mesmos de todo dia, já no parque da mansão, comentavam desencontros quanto à chegada do conde.

Sentando-se no colo do contratador, Xica resolveu responder às suas inquietações:

— Eu até que estava me preparando para receber o homem... mas quando Cabeça me disse como era o porcaria... a sua pose... a sua afrescalhação, eu quis dar um choque nele. Foi só isso, uai! Logo mais, sim! Na hora de irmos pra mesa, ele vai conhecer direitinho quem é a senhora dona Xica da Silva, a que é falada até na corte... A esposa do contratador. Deixa isso por minha conta, meu amor. Deix'ele pensar, por enquanto, que tua amante é uma negra porca, idiota e meio maluca! O que ele é, eu já sei de sobra... um paspalhão idiota, uai! Já vi quem é o grande conde. Escutou o que ele disse da nossa terra só pra ofender a minha cor? Olha, meu rico: pelo menos até botarmos essa bisca pra correr, vamos ter é trabalho e aborrecimentos com essa póia de merda... você vai ver só!

Mesmo ainda sem entender muito bem até onde sua Xica queria chegar com aquele assunto de dar um choque no conde, João Fernandes falou mais conformado:

— Bem... você sabe o que está fazendo, minha filha. Sempre soube... Melhor do que eu. Mas, meu bem, que remédio? O que esse pobre-diabo vai querer de nós é dinheiro. E dinheiro forte! Isso é fora de dúvida. Ele veio atrás disso e sabe Deus como deve ter se empenhado por lá pra conseguir a missão! Se for só dinheiro, acho que não vai haver dificuldades. Tudo se arranjará. O pior, Xiquinha, é que o homem é como se fosse dois condes: comigo, sozinho, é um cordeiro, mas basta que alguém se aproxime, vira um parlapatão cheio de soberba e empáfia... cheio de mandos e poderes... Fala-me em leis... quase ameaça-me! Enfim, Xiquinha de minh'alma, um é uma besta, outro uma porcaria!

— E os dois juntos — concluiu a mulata com raiva —, brancos de merda!

João Fernandes estava com pressa:

— Você não vai se preparar para o jantar, meu bem? — Já não havia mais zanga a dissipar que só a voz de Xica bastava para amolecer-lhe qualquer impulso. — Depois a gente fala mais, querida. É que o homem já deve ter acabado de tomar o seu banho e, decerto, vai querer comer logo... E você? Não vai botar um vestido bem bonito?

— Já disse pra deixar isso comigo... O conde vai ver uma coisa, meu bem!

— O que é necessário é tratá-lo bem. Não se esqueça disso, Xiquinha. Em nosso benefício mesmo. As coisas se resolvem melhor com jeito. Lembre-se disso, querida.

— Pois havemos de cevar o porco... encher-lhe o rabo de ouro pra ver se o diabo nos deixa logo em paz, não é isso, bem? Uai!

113

Antes do jantar, já dona Hortênsia, abatendo um pouco suas pretensões conquistadoras, aproveitando-se do mais à feição dos acontecimentos, fazia corte despudorada ao major Brandão, nas barbas do marido:

— Veja só, major — e sua voz era toda alegria —, o nosso pároco já lhe chamou, por duas vezes, de major Beltrão. Escutou? Que distraído, não é? Dizem que o velho só não se distrai com mulher...

Mas antes de dar tempo ao militar de concordar com a distração do pároco, Hortênsia avançava intimidades:

— Aqui no arraial é um horror! Para um homem novo e só... e — mudando a voz com um olhar intencional em que abarcava em volta, inclusive o Mucó — e... bonito, é mesmo um horror! Não há moças interessantes... só essas matutas, coitadas, incapazes de alinhavar duas palavras que se aproveite. Eu... eu, que tenho viajado muito... que nasci em Portugal, é que tenho de fazer as honras da terra... é que tenho de fazer sala...

— ...e quarto? — o major, já bem seguro do terreno pisado, perguntou, baixinho, roçando-lhe com arte os lábios nos cabelos muito louros, no meio escuro da varanda.

Hortênsia riu feliz com a malícia, apontando o leque disfarçadamente para o marido:

— Que vale é que meu marido não é ciumento, sabe? Também, com tantos afazeres políticos... Afinal, é a maior autoridade não só do arraial, como também de toda a comarca, você não sabe? João Fernandes é que pensa... — Dando o tratamento de você ao major, Hortênsia, como para frisar suas palavras, aproveitou para apertar entre as suas uma das mãos do major:

— Mão quente... sabe? Por aqui, anda um ditado que diz: mão quente, coração frio...

— Olha que o meu já começa a ferver... — e os dois foram por aí, rindo e brincando, já bem certos do que haviam de apanhar indo, juntos, às castanhas...

114

Ao sentarem-se à mesa, oito horas passadas, as mucamas, tendo acendido todas as velas e lâmpadas de óleo perfumado, calhou a travessa do cabrito ficar bem em frente ao pároco que foi abrindo o guardanapo sobre o peito, prendendo uma ponta ao colarinho e deitando vinho no cálice:

— Antes da sopa, molha-se a boca! — explicou ao barão, também já sentado a seu lado.

— Com efeito! Antes da sopa... tem graça! Conheço o anexim... conheço... — a conversa do barão não tinha fôlego para mais.

Sentando-se também, no lugar de honra que João Fernandes lhe reservara com a classe de um cavalheiro, o conde perguntou ao Mucó:

— Com que, então, o nosso amigo é o intendente-geral do Distrito? Havemos de conversar melhor... por miúdo. Assente-se Vossa Mercê. Gostaria de saber algumas coisas... uma ou duas...

— É... — Mucó concordou a fugir, sem aceitar o convite, doido para lhe ser indicado um lugar distante do nobre. — É como quem diz, o intendente do Distrito... O intendente-geral... ora sebo!

— Missão difícil? — Valadares insistia, segurando-o por um botão da casaca, virando-se na cadeira, ao lado do dono da casa.

Mucó estava sobre brasas:

— É como quem diz... há roubos, às vezes... Sempre há furtos, ora... É como quem diz... fazem contrabando... Porra!

— Tanta riqueza vai por aqui, senhor intendente, que não lhe abona a queixa! — O raio do conde positivamente não o queria deixar sossegado para ante-saborear seu cabrito. Não fosse o diabo do padre comer-lhe os melhores pedaços... — Creia Vossa Mercê que nem na corte estamos acostumados a tanto fausto!

Aproveitando a deixa, Mucó conseguiu fugir com um "Vossa Excelência há de dar-me uma licencinha que a minha mulher... sabe? A Hortênsia..."

O conde é que, ficando só enquanto João Fernandes se apressava, na ausência de Xica que já demorava, a distribuir os demais lugares, tocou de leve no braço do anfitrião e, baixando a voz até quase torná-la um fio — o que obrigou João Fernandes a se abaixar até a altura de sua boca nobre —, falou, devagar, para ser perfeitamente ouvido só pelo contratador:

— A baixela do aparador... só aquela prataria, havia de dar, folgadamente, para saldar uma hipotecazinha que deixei em aberto, lá no reino... coisas da mocidade, entende-me? Tem graça, não? — fingiu grande desprendimento e tolerância pela própria mocidade ainda em flor —, mas o fato — esclareceu — é que dívidas são dívidas... e essa me põe os cabelos brancos...

— Sim... cabelos brancos... — João Fernandes estava enjoado. O tipo era bem mais asqueroso e descarado do que ele supunha. Na verdade, nunca que poderia esperar coisa tão sórdida! Pensou com certa satisfação e segurança: "Vá ser venal assim no inferno! Ah, se o marquês sabe disso..."

115

Foi aí que Xica entrou.

Como de costume, dentro de duas alas de mucamas bonitas e escravos em berrantes coifas e calções. Dessa vez, vinham, todos, tocando atabaques e tamborins; pandeiros e reco-recos; cantando melopéias africanas, dançando lundus de umbigada, jogando pros lados perfumes e flores...

Seria uma visão absolutamente irreal, naquele lugar, não fora João Fernandes tão bem conhecer a sua mulata das mil fantasias.

Mas o conde se assustou outra vez.

Xica, vestida como nunca, arrastando como cauda um brocado de seda em fios de prata de mais de três metros, os peitos de fora, pintados de verde, os botõezinhos escuros encobertos por pedras miudinhas coladas, faiscantes; nos pés, pó de ouro, anéis e argolões nos dedos descalços, a boca pintada de negro-carvão, os olhos banhados em óleos brilhantes, cheirosos, molhados... aproximou-se da mesa dançando também.

Atingindo a cabeceira onde o conde a esperava em pé, fascinado, Xica pediu, a voz só melado:

— Sirvam-se, senhores! — Em gestos abertos, pediu por favor. — Sirvam-se!

Mas já o senhor pároco, alheio ao espetáculo, devorava sua mão de cabrito, indiferente ao excesso de sal, aos peitos bonitos das belas mucamas por cima da mesa em largas ofertas:

— Magnífico! Esplêndido!

— Então, senhor pároco? Gostando da festa? Das roupas da Xica? — alferes Quirino, com sua pachorra, pergunta buscando frear o apetite do padre faminto.

— Passa-me o vinho! Muito saboroso... Delicioso... — e mordia e mastigava; por tarras e barras, bebia voraz em largos tragos e grossos goles, pouco se lhe dando que Xica estivesse com suas escravas despidas ou não, ali ou na corte...

Logo, obedecendo ordem antiga da dona da casa, Figênia vai servir o conde da galinha cozida.

— Não! Isso, não! Menina, te aquieta — e, pro Valadares: — Não, senhor conde, deixa a galinha pra lá! Está muito sem graça, uai! É trem pra mim e pro João Fernandes que andamos doentes das tripas! Sirva-se de cabrito, me faça um favor... Meninas, vamos! Sirvam o senhor conde! Não vê como o senhor páraco aprova o cabrito? É um prato mais refinado. Como os de Portugal.

— Eu prefiro a gali...

— Não, senhor conde! Não faça isso! Não vê que a galinha é de cabidela? É de molho pardo...

"Cachorra de amor!", João Fernandes se espanta de tanta audácia junta. "Doente das tripas está a tua avó!", pensou com os olhos pra sua mulata que riu da revolta do contratador.

O conde percebeu perfeitamente a insinuação à cor do molho. Sem outra solução, toma com raiva o cabrito das mãos de Figênia que fica surpresa: — Ué! — se admira, com má vontade, servindo o cabrito —, isso assim tão cuspido e salgado não era só sacanagem pra sá dona Hortênsia e mais pro seu Mucó!?

116

No gabinete do contratador, o conde, com azia de tão mal comer, pesado de vinho que o excesso de sal só fez dar sede, consola-se em cheio:

— Me diga, senhor contratador — a voz é a mesma de pouca-vergonha em jogo escabroso —, de onde lhe vêm charutos tão bons? Sim... devem custar os olhos da cara... — Revirando o charuto, confirma cinismos. — Uma pequena fortuna, pois não?

João Fernandes, desencantado e com forte nojo, finge alheamento:

— Estão inteiramente às suas ordens... aliás, como tudo nesta casa.

— Folgo muito em sabê-lo imensamente rico... um nababo! Sim... pelo pouco que já me foi dado ver, goza-se desmedido conforto nesta chácara. Eu me pergunto, se me dá licença, pra que serve tanta riqueza neste fim de mundo, entre... — Mas como o major entrava pela porta do escritório, acrescentou, torcendo o nariz: — Entre... perdoe-me Vossa Mercê, entre negras... Realmente, sem que uma coisa puxe pela outra, dona Xi... essa Xica é engraçada. Diverte...

João Fernandes se distrai, cozinhando o desaforo, limpando com uma flanela os óculos alemães. Antes de responder, bebe o último gole de seu conhaque tão fino que recendia a Paris e ergue os olhos para o major que, submisso ante o peso de seu ouro, se perfila respeitoso:

— Nossa riqueza, senhor conde de Valadares, na pior das hipóteses, destina-se a servir menos mal aos amigos que nos procuram... — E acrescentou com ironia: — De uma forma ou de outra.

Antes de terminar sua fala, Cabeça entra carregando um grande embrulho.

O contratador, com um gesto soberano mas elegante, indica o conde ao escravo.

— Que é isso? Pra mim? Quem mandou?

O major indica com um aceno o contratador que voltou a limpar seus óculos, mas Cabeça esclarece com sua voz profundamente grossa:

— Só quem ilumina o dia é o sol, meu sinhô. Quem haveria de ser?

João Fernandes manda Cabeça se retirar:

— Perdoe, senhor conde. Espero que Vossa Excelência compreenda: ao ouvi-lo elogiar a baixela, achei que, sem romper muito com a etiqueta, poderia oferecer-lhe uma pequenina satisfação neste degredo...

— Sim... é evidente. Sem romper a etiqueta... Entre amigos, se permite! Apreciei muitíssimo a elegância de seu cavalheirismo... — Fazendo um gesto para que o major se retirasse também, prosseguiu confidencialmente: — É constrangido que lhe afianço... sou nobre de primeira água... é claro e Vossa Mercê não o ignora! Minha família, como é público e notório, perde suas raízes nos séculos passados... nas dinastias reais... Não obstante, sou pobre! É isso: sou pobre! Pobreza não envergonha, aliás, em nossa classe, até dignifica. Mas força a gente a vir dar com os costados em lugares tão... perdoe-me, como poderei dizer sem que...

— Viria! viria... — afirmou João Fernandes sorrindo ambiguamente. — Quem pode ignorar sua dedicação a el-rei? A nossa coroa lusitana? À preservação dos bens desta colônia?... do Distrito Diamantino?

— Por esse lado... — O conde inclinou-se cheio de submissão a tanta coisa citada, não percebendo, nem fazendo qualquer questão de perceber, a forte ironia de João Fernandes de Oliveira.

117

— ...Sete mil e oitocentas oitavas? Claro... claro que se arranja! Nem vai ser isso, senhor conde de Valadares, que vai tirar o sono a tão elevada personalidade como é o amigo... — João Fernandes acrescentou com bastante imprudência. — Ainda que fosse mais... muito mais...

— Fica patente que se trata de um empréstimo de emergência, digamos assim, meu caro João Fernandes. Só aceito mesmo por ser absolutamente dentro dessas condições. Sim... também gostaria... isto é, faria-me um grande arranjo é que precisava ainda, vamos dizer, de mais... digamos...

118

— Com licença! Com suas licenças... cá estou eu... pensei que pudesse ser útil. Sim... útil. Servir de alguma maneira, já que o senhor conde está vai para três meses na terra, e... e...

Evidentemente empurrado pela sagacidade interesseira de dona Hortênsia (por último, em já adiantadas fraquezas carnais com o major Brandão), Mucó interrompia mais uma conversa particular do conde com João Fernandes. Imediatamente, como acontecia sempre, o conde modificou, radical, seu comportamento humilde quando só junto ao contratador. Levantou a voz:

— ...sou obrigado, senhor contratador, a lhe dizer essas coisas muito contrafeito. Isto, em função de meu cargo, me entende? É que, o senhor não ignora, têm chegado à corte denúncias de que Vossa Mercê não vem cumprindo com rigor as condições do contrato nem com a pontualidade que seria de desejar. Que tem se excedido na concessão de cartas de alforria... minerado fora dos limites das terras demarcadas, com o agravante de empregar números de escravos bem superior ao autorizado pelo nosso Conselho Ultramarino... entulhado córregos e estragado terrenos bastante promissores... destruído tudo com barragens fracassadas, em flagrante desrespeito às leis da coroa. Na Europa...

João Fernandes estava perplexo. Percebeu muito claramente a alusão ao Acaba-Mundo. Ora, o desastre era coisa recente demais para já ser comentado em Lisboa. Havia era muita má-fé do conde...

Mucó, na porta, sem saber se entrava de todo ou saía definitivamente, arrependia-se já de ter cedido à mulher. Foi quando o conde insistiu imprudentemente:

— Há também fortes e desagradáveis rumores sobre dona... essa mulher, essa sua mulher... mas isso é-me penoso ventilar... cinjo-me exclusivamente às leis, digamos assim...

João Fernandes ergueu-se com violência:

— Se Vossa Excelência, senhor conde de Valadares, vem me apontar leis, eu hei de lhe apontar léguas! Depois, para que as coisas fiquem bem claras, eu e Xica não precisamos mais de nos preocupar com o futuro, com contratos e outras coisas desagradáveis também. E perigosas!

Contendo sua fúria repentina ante as palavras ácidas do contratador, o conde volta-se covardemente para Mucó:

— E o senhor, intendente, também prefere coisas claras em vez de escuras? Nesta terra, eu tenho as minhas dúvidas! Mas pode Vossa Mercê me informar se já extinguiu de todo o contrabando no Distrito?

— E como quem diz... e como diz o outro... Coisas claras... escuras...

— Extinguiu? Já extinguiu o contrabando?

— Ora... ora... o contrabando. Sim... como extinguir? Sabe o senhor doutor... o senhor conde, que a polícia dos caminhos... ora sebo!

119

— É mesmo, João Fernandes, o filha-da-puta é nojento mesmo. Tratante, uai!

Xica conversava com João Fernandes sobre o assunto que já ia para cinco meses, se arrastava em todas as reuniões, festas, quermesses ou simples encontros de rua, envolvendo desde as mais altas autoridades do arraial até o povo mais humilde dos altos de São Francisco ou dos baixos do rio Grande: a permanência incômoda e inexplicável do conde na vila.

— O pior, minha Xiquinha querida, é que isso tudo... todo o nosso esforço, não passa de paliativos. Começo a temer que o Pombal tenha falhado...

— Cadê que aquele porras também te respondeu às cartas? Também é sujo, uai! Tudo vinho da mesma pipa...

— Começo a pensar nessa probabilidade, Xica. Pra mim, o sacripanta do Valadares já veio com as cartas marcadas... Daí, tanta desfaçatez! O homem traz ordens definidas pra dar o bote no momento propício... Brinca conosco como o gato com o rato...

— ...ele se dana... eu não sou mulher de...

— Enquanto puder protelar... e olha lá que já lhe dei uma fortuna!

— Deu, não! o corno tomou...

— Ou isso! Até um prato com almôndegas de ouro mandei lhe servir outro dia... É que eu senti que o cachorro safado estava prestes a dar o bote... a mostrar o jogo.

— É mesmo! Enquanto a coroa espera pelos ovos-de-pomba graúdos da mineração que mandou o gajo vir apanhar, esse faiscador porco, pior do que os contrabandistas, está catando pra ele os xibiuzinhos miúdos aqui da chácara, não é isso mesmo? Mas eu tenho uma idéia, meu amor: Zezé me disse outro dia... — Xica suspendeu a indiscrição que estava a ponto de deixar escapulir e mentiu: — Zezé, não! Foi outra pessoa... não me lembro mais quem foi... Ora, você já viu só: eu a pensar no Zezé! Tem graça, uai! Não tem? Nunca mais vi aquele menino... nem sei se morreu ou não!

— Bem, filha, mas que disse a você essa pessoa de tão importante?

— Que pessoa? Ah, sim! Disse que o remédio bom mesmo era dar um sumiço nesse conde... Só isso faria a gente voltar a ter paz.

— Sumiço!? Xica. Sumiço!? Como sumiço?

— Ora... eu sei como, uai! Você quer deixar o trem comigo? — Despertada de um sono que já se prolongava com o pesadelo do conde no arraial, a mão de Xica, como nos velhos tempos de vadiação, desceu suavemente por dentro das cobertas e, com o reavivar das noites passadas de reencontro dos primeiros tempos na chácara, João Fernandes não teve mais pé pra perguntar o que quer que fosse... pensar o que quer que fosse...

120

Mas Xica pensava.

Terminada a loucura daquela noite ruidosa, Xica voltou a pensar.

Tanto pensou que chamou Cabeça. Chamou o escravo e deu suas ordens espantosas, embrulhadas no maior segredo.

121

Na estrada de Curralinho, duas léguas do arraial, se tanto, imperceptível ao viajante apressado ou apenas desatento, a gruta do Salitre abre pequena boca de pedra, onde começa uma descida abrupta para o vasto castelo subterrâneo em que se transforma, aos poucos e à medida que o explorador penetra na rocha, o seu deslumbrante interior.

Sítio majestoso, opressor ao extremo, luz cambiante ecoando forte em grossos espessos todos os ruídos de fora ou da mata rala e pobre, chamada *cerrado*, incluso o canto da passarada, é ali a caverna bem vigiada de Teodoro e sua gente.

Aproximando-se do esconderijo, chegam devagar as montarias de Xica e Cabeça. A mulher se inquieta:

— Que lugar terrível, Cabeça! Será que não tem ninguém aí?

Cabeça está absolutamente tranqüilo:

— O dia só vem depois da noite, nhanhã. Nós já foi visto, faz tempo rolado. Desde a curva do Mundico... quer ver? — Um assobio fininho cortou o frio da noite.

Logo, logo, outro repinicou no mesmo diapasão. Então, das sombras ao pé do caminho, surgiu o vulto de um homem extremamente forte, as mãos abrindo brecha no mato alto:

— Dona Xica da Silva? — A pergunta-afirmativa foi seca mas respeitosa.

— Sim, uai! Sou eu mesmo!

— A senhora pode se apear. Pode descer por aqui, sozinha, sem sobrosso porque todo o caminho, até Teodoro, tá bem limpo e vigiado. Mas a senhora me desculpe, Cabeça fica aqui comigo. É a ordem!

Assombrada, mas com decisão, Xica começou a descer sozinha, conforme a ordem, maneirando mal com o caminho de pedras roladas em escadinha. Não dera ainda trinta passos, sentiu uma pessoa a segui-la de manso, resvalando na própria sombra, encoberta pelo mundo de rochas sobrepostas.

Mais embaixo, o caminhoto varrido se abria numa grota. Então sem saber que lado tomar, parou desorientada. Logo o homem apareceu.

— Teodoro? — Xica apavorou-se mais.

— Sim. Eu sou o Teodoro.

A curiosidade apagou um pouco o pavor da mulata: aproximou-se mais para ver bem o faiscador cujo nome, um mito, era uma bandeira por muitas léguas ao redor. Talvez até no Rio de Janeiro... Seus olhos, já se acostumando à penumbra da grota, encheram-se da figura do garimpeiro audaz, em toda a sua dignidade. Maior do que Cabeça! Xica constatou admirada:

— Você é o Teodoro mesmo? o faiscador?

— Sim. Sou eu! — A voz era cava dentro das paredes naturais da grota. — E dona Xica da Silva quer o que de mim?

Embora vacilações fossem coisa que não fizesse parte de seu temperamento, Xica estava realmente confusa. Começava a duvidar da justeza de sua decisão atrevidíssima. Procurou palavras:

— É que, uai! uma traição, sabe? Um conde veio de Portugal para trair João Fernandes...

— O contratador? Seu marido? — Teodoro quis esclarecer. — E por que trair?

— Inveja, uai! Ambição... vontade de roubar... Você não sabe como é esse povo todo? Por isso, nós precisamos de... eu vim aqui pra... — A figura de pedra do negro estarrecia, esmagando seus pensamentos. — Eu... ora, me ajuda, uai!

— Ajudar? Eu? Ajudar quem? De que maneira? O marido de Vosmecê sabe que dona Xica está aqui?

— Sabe... isso é, não sabe! Eu é que pensei... É que a gente... eu e João Fernandes, a gente não quer... que tudo isso... o Distrito, não sabe? volte de novo pras mãos dos que vão afogar o povo... perseguir vocês, garimpeiros... Me diga: João Fernandes persegue? Persegue? Então, uai! Eu quero... nós queremos que você lute com a gente...

— Lutar? É só o que eu faço todos os dias. Veja Vosmecê que eu não tenho governo, sá dona! Minha lei é fugir da forca noite e dia. Eu e minha gente. Pra mim, tanto faz lutar contra ou a favor. Contra seu marido ou contra o conde português. A favor dos dois ou contra todos dois.

— E é bom fugir, Teodoro? É bom? Noite e dia?...

— Melhor do que ser cativo. — Teodoro fez uma pausa a avaliar se valia a pena ou não prosseguir com sua conversa ainda sem ponto. — Escravo de mineração é triste, sá dona Xica! Além de não ter liberdade de peidar com o cu inteiro, só tem de ventura um minuto na vida: quando faz outro escravozinho pra benfeitoria do amo.

Xica sorri maliciosa com a fala do faiscador, começando a se sentir em maior segurança:

— E assim mesmo, fazendo escravinho, está trabalhando pro seu dono, não é, Teodoro? Você bem que tem razão. Eu já fui escrava, uai! Só quando a gente vai dormir, morta de cansaço de tanta labuta...

— Nem quando dorme, sá dona! De noite, a senzala é cheia de bicho, sujeira e sonho ruim. Madrugadinha, o amargo acordar, dona. Nem quando come... Eu também já fui cativo... eu sei... Nem quando morre! Negro não tem alma, nhora não! Negro é coisa à toa... é pior do que a lama do rio que, pelo menos, dá diamante. Era isso o que a dona queria saber de mim?

— Não! Não ou... era? Ou também era isso. Uai! Me ajuda, Teodoro. Já não sei mais nada, não! Tem dó... de mim, uai! — Xica está inteiramente fascinada pelo negro. Rendida, abraça-o com toda a força de seus braços bonitos, cheirando a manacá. — Tá me dando uma zoeira nos ouvidos, sô! Me aperta, Teodoro, me agarra, me segura no chão... Olha, põe sua mão aqui. Vê meu coração pulando? Vê? Me acode, bobo! Vá! Me acode, uai!

E Xica, lá embaixo na grota do negro, sorando amor rude por todas as galas, gritava avoenças de muitos Palmares.

Na estrada, Cabeça, inchando as ventas largas para respirar fundo o ar levinho da noite sem estrelas, trancava os ouvidos só numa vontade para não escutar mais nunca aquele ruído que, depois da cena do convento dos pretos, fazia cinco anos, dera de lhe doer de fino na espinha das costas subindo até rebater na forma de um sono gostoso do meio da testa. Lembrando-se do amor da ama, dos mais selvagens miados repercutidos na mata, das carnes dilaceradas no auge da loucura possuída e possessora, Cabeça virou orgasmo.

De volta, só na estrada do arruado, já entrando na Palha, foi que Xica falou:

— O diabo do Teodoro não quis me ajudar a mandar o fresco do conde pras profundas do inferno. Disse que não. Que não tinha nada com isso... Tenho pra mim, Cabeça, que, se João Fernandes fosse pessoalmente falar com ele... Teodoro disse que, se for de minha vontade, posso ir no Salitre quantas vezes quiser, mas ele se meter em briga alheia, isso ele não se mete não!

122

— Você vai continuar a encher a bunda desse conde de presentes, bem? Você não acha que já é demais? Este, sabe?, é o quarto almoço que nós lhe oferecemos só este mês. Reparta isso por meio ano! Não é muita honra pro trolha?

Xica estava zangada com a chateação do indefinido. Desabafava com o companheiro:

— Olha, João Fernandes, mulher tem a venta mais pra cima do que homem. Sente melhor o cheiro das embaçadelas de manates que nem esse ladrão. Mulher percebe a traição ainda nas nuvens. Mulher é assim mesmo, uai!

— Não sei, Xica. Pode ser que você esteja enganada, filha...

— Enganada? Eu? Vá comer capim-gordura, homem! O conde é uma asa-negra, pode crer. Ou ele se farta de ouro, o que só pode acontecer no dia de São Nunca, ou termina fazendo o rei chamar você a Lisboa, o que também não vai ter jeito. Então, você terá de ir mesmo, quem sabe? Até sem tempo de nada... Pra mim, o canalha está esperando ordem forte... se já não tá com ela!

— O conde é um pobre-diabo, Xica. No fundo, é um merdinha. Na verdade, a estada no arraial tem lhe rendido mundos e fundos... dinheiro que ele nunca viu nem de ouvir falar... Eu que o diga! Mas a culpa será minha. Eu tenho lhe alimentado a cupidez com um pouco de exagero. Sem família, sem motivos pra ter saudades d'além-mar, demora-se porque, aqui, a vida lhe escorre mansa... é isso, Xiquinha querida.

— E você já pensou que ele pode muito bem ser um espião miserável? Toma nota, meu amor, não facilite...

— Não, Xica, eu não facilito. É que eu não posso fazer nada. Mas se for assim, se o homem for um espião do marquês, do Conselho Ultramarino ou da puta que o pariu, será melhor pra nós. Só dar boas notícias que é o que lhe rende.

— Não me conformo, João Fernandes, se o infeliz já viu tudo o que tinha de ver... não já viu? Por que é que ainda não foi s'embora, uai?

— Não sei. Outro dia, o coitado me confessou que o ar daqui, principalmente por esta parte do ano, tem lhe feito muito bem à saúde... ao peito. Já não sente as dores que o afligiam ao chegar... já não tosse mais.

— O que lhe está fazendo bem à saúde é o teu dinheiro, João...

— Parece um rapaz tão doente... pode ser até que seja um tísico. Deixe-o gozar o nosso ar, Xiquinha. Afinal, é a única coisa em que não nos é pesado... não nos custa dinheiro...

123

No exato momento em que Xica (ainda pensando em sua fracassada visita a Teodoro), e seu companheiro, comentavam coisas que tais, conde de Valadares, na Casa do Contrato onde, por fim, abrigara-se com o major Brandão e alguns escravos de maior confiança para, no tombo das noites de solitárias rondas, receberem visitas embuçadas a aplacarem-lhes misericordiosamente a fome da juventude em fartas dádivas carnais de pouco receber, mantendo, ao mesmo tempo, a dignidade da função nobre; na Casa do Contrato, o conde examinava mais uma vez, mirando, por todos os lados, aquela carta de pregão bem guardadinha, desde sua chegada ao arraial fazia cerca de sete meses, entre roupas perfumadas, afinal seu precioso instrumento para aplicação do último golpe sobre o contratador, assim o extremo se fizesse preciso.

De fato, protelara a coisa enquanto lhe fora possível mas agora, com a constância com que lhe chegavam às mãos os ofícios e reclamações da corte, tinha era que se apressar. Lá estava, no papel do reino dobrado por cima da carta lacrada com as armas reais, a letra bordada do calígrafo do Conselho Ultramarino, o que lhe veio ter aquela manhã: "... e dou por mui bem recomendado o mais breve cumprimento da ordem contida em carta de pregão daqui datada e lacrada, com vistas aos descaminhos, desmandos e desordens praticados no arraial do Tijuco..." — e o documento oficial ia por aí além até a ameaça desagradável — "...caso contrário, é desejo de Sua Majestade el-rei dom José I, que Vossa Excelência, senhor conde de Valadares, se recolha imediatamente a esta corte..." Valadares esfregou as mãos na barba bem-feita, olhou as unhas tratadas e pensou: "Diabo! Agora não há mais nenhuma outra saída. É pegar ou largar..."

124

— João Fernandes, meu bem — Xica prosseguia seu diálogo com o contratador, enquanto aguardava as primeiras visitas, convidadas para a recepção matinal. — Tenho o pressentimento de que a coisa está no fim. Esta noite, bem, sonhei com o bode preto da lenda... Sonhei que ele estava no telhado da chácara... Cruzes! Ou nós damos um fim nesse corno, ou ele... Quer que lhe fale com franqueza, amor? Quer você fazer a felicidade de sua negrinha querida? Quer? Tenho uma idéia — Xica resolveu-se a jogar a derradeira cartada. Como o conde, também sabia que a coisa era pegar ou largar. Olhou nos olhos de João Fernandes — ...uma idéia: vá você ver Teodoro enquanto é tempo!

— Teodoro!? — O contratador deu um pulo de espanto, afastando a cadeira entre estalos da madeira e ruídos dos pés no assoalho. A sugestão era forte demais!

— Sim. Teodoro, uai! Teodoro...

— Ver Teodoro? Eu? Pra quê? — O espanto não arrefecia.

— Eu acho que ele e você... a sua conversa ele vai ouvir. A minha, não sei... se ouvisse eu ia lá! Te juro! Mas você, bem, é um homem importante, rico, pessoa que pode mandar prender ele quando quiser. Matar até! E você nunca perseguiu ninguém, não é? Você, importante, pessoa lida... Aqueles livros da França, te alembra? Inteligente...

— Teodoro, o faiscador? Você falou para eu ir ver o... — João Fernandes ainda não estava podendo acreditar nos seus próprios ouvidos.

— Pelo que vi... — Xica não fraquejava — ou melhor: pelo que eu sei... isso é, soube por ouvir dizer, uai! Não fica olhando assim pra mim... deixa eu falar... O Teodoro te respeita muito. É agradecido a você, sabe? Você indo em pessoa pode até ser, João Fernandes... isso é: eu acho! — Xica começa a entrar em dificuldades. O silêncio espantado de João Fernandes ainda mais agravava essas dificuldades. Foi com esforço que seguiu falando:

"Ele, meu bem, não é um bandido qualquer, como esse conde... ainda que fosse, nós, pra enfrentar tanta sacanagem, o que precisamos mesmo é de uma guerra!"

João Fernandes tranqüilizou-se admitindo o absurdo das idéias de Xica. Seria desespero dela, coitada! Coisa sem conseqüências. Para aliviar a tensão, resolveu brincar um pouco:

— Filha... todo mundo sabe que escravo não é bom guerreiro...

— Mas quando o escravo foge do cativeiro já não é mais escravo, uai! Vá ver Teodoro, João Fernandes, ele pode bem tá te esperando na gruta do Salitre... Vá lá... por nós... pela sua mulata! Na gruta do Salitre... mande Cabeça avisar. Ele sabe!

— Na gruta do Salitre? Teodoro, lá? — o contratador voltou a se abismar. — Teodoro? Na gruta do Salitre, diz você? Tão perto assim? Inacreditável!...

125

Sem-cerimoniosamente, entrando na sala ainda a tempo de escutar as derradeiras exclamações de pasmo do contratador, o major Brandão estacou, olhos subitamente brilhantes, tais são os olhos de um experimentado capitão-do-mato ou caçador de garimpeiros, quando na espera calada para o tiro matador.

Brandão lembrou-se com saudade da festa da serra de Itacambiruçu, ainda durante as últimas chuvas. Lembrou-se, feliz, dos corpos apodrecendo de bruços no chão. No gozo macio da programação divertida, repetiu baixinho, como se tivesse receio de esquecer:

— Na gruta do Salitre... Teodoro, o contrabandista... Impossível! Tanta sorte assim não existe!

A João Fernandes que, calando-se rápido, mesmo assim estranhou desconfianças, Brandão saudou desconjuntado nas palavras: — seu amo havia de se demorar alguma coisa mais... mandou pedir desculpas... — e explicou que aquela era a razão de sua vinda ligeira, ainda fora de horas... entrando assim sem bater... sem pedir licença... E reforçou: o conde estava muito atrapalhado com mil coisinhas... negócios... arrumações...

À Xica, o homem, não resistindo o peso do olhar severo, apenas fez um cumprimento de cabeça muito seco, a fugir.

Também a mulata, embora o incêndio da ira que lhe subia aos olhos, pouca conta fazia de suas gentilezas. Ele que fosse à puta que o pariu — Xica desejava ardentemente —, ele, mais o conde e todos os seus dragões do diabo!

126

Apressando saída, o major recapitulou, pouco acreditando no que ouvira: — Teodoro... gruta do Salitre... Lugar tão seu conhecido de outras andanças e caçadas. Não! Não posso, de maneira alguma, perder esta caça! — decidiu — se não partirmos até domingo, digamos, terei um belo peixe na minha rede! Que beleza!

127

O diabo é que o conde já lhe dera ordens para ter tudo preparado para, a qualquer momento, darem o golpe final na peça e porem-se ao fresco! — de volta à Casa do Contrato, ao encontro do amigo conde, o major recapitulava. — Até as muitas pratarias e os mais variados presentes já estavam encaixotadinhos e muito bem acondicionados para serem conduzidos à costa, em penosa viagem, pelas melhores bestas, também já escolhidas a dedo.

128

— Estás decidido? Queres mesmo me atrasar a viagem para te despedires da Hortênsia? — O conde acedia ao pedido do amigo subordinado para a demora de mais dois dias no arraial. — E do Mucó? Também queres te despedir? És um maganão, isso sim! Tiveste foi muito mais sorte do que eu que, desde o começo desta albardaria, apanhaste bom pitéu...

— Ora, conde... tão poucas vezes... Não por vontade dela, coitadinha que até queria a coisa diariamente... mas que fazer com esse povo safado de olho acordado? É sempre assim: aqui ou em qualquer lugar, quando o marido é de boa paz, o povo toma conta!

— Mesmo assim, divertiste-te a valer com a lourinha, hein?

— Quisera, sim, era ter em moedas os cabaços que o conde andou arrancando por toda essa redondeza...

— Pouca coisa... No fim, nem foram tantos! Sujinhos... abandonadinhos. Em verdade, para não mentir, foram uns quantos. O que fazer?

— Mas não se trata disso — o major deu fim de solavanco à conversa brejeira —, quero os dois dias para lhe oferecer um presentão! Um belo coroamento muito decente para essa nossa divertida passagem por aqui...

— Divertida e rendosa! Mais presentes? Olha que já não temos lugar nas canastras da tropa... — o conde riu deboches às carradas.

— Cínico! — brincou o major, já com a promessa do atraso, baixando a voz para não ser ouvido por algum convidado indiscreto, ali refestelado num ângulo do parque.

Sem tempo a perder, horas depois, apenas terminado o almoço na chácara, o major retirou-se às pressas, a ver armas, repassar planos e preparar com o maior carinho sua expedição contra Teodoro, levada para as mais pesadas esportividades.

129

Hortênsia explodia por todos os lados! Não poderia se conter nem mais por um segundo. Era-lhe absolutamente impossível deixar de ser a primeira pessoa na terra a espalhar a má notícia; a dá-la em prantos de encomenda, em exclamações desesperadas, em lamentações sem termo, na Chácara da Palha. Sobretudo na chácara. Mais tarde, sim! levá-la-ia aos quatro cantos do arraial...

Como havia esperado por aquela grande oportunidade! Como ia, agora, se vingar da negra ordinária que a passara pra trás, de supetão, antes mesmo de qualquer gesto seu de sedução ao contratador, gesto de portuguesa limpa, branca, loura, instruída, poderosa... E como lhe custara aquele encarreirado de anos a fio a fingir amizades, a atender convites e chamados, a engolir cobras e lagartos...

Afinal, ainda que fosse preciso arrepelar os cabelos, tinha todo o direito de ser a dona exclusiva da novidade. Aquilo, não havia como negar, era muito trabalho dela! Trabalho de quase vinte anos de paciência e persistência... Fora uma coisa construída lentamente, desde o primeiro dia em que João Fernandes se amigara abertamente com a negra Xica da Silva, sem ao menos levantar os olhos para a sua figura de muita graça. Como lhe custara em impulsos recalcados, sofrimentos, revoltas... tudo sobre as dezenas de cartas escritas para a metrópole, para esta e aquela autoridade, para este ou aquele poder. Até para particulares de alguma projeção social, no reino ou no Rio de Janeiro e Vila Rica, Hortênsia havia endereçado suas célebres cartas contando coisas... Atropelando pensamentos, Hortênsia se espantava: o que se faz um dia, um século depois, embora não tenha mais significado, ainda conserva um determinado sentido... Com a projeção do tempo, o cenário de nosso feito será outro, contudo é o mesmo. O diabo é que entenda isso! Hortênsia soube tudo aquilo que lhe fervia na cabeça, ao se despedir do major, seis dias depois dos últimos acontecimentos aqui narrados. Foi precisamente na noite em que Brandão, vindo da caça positiva ao Teodoro, lhe confiara a notícia de arromba: dentro de poucas horas, João Fernandes de Oliveira seria preso por ordem d'el-rei! Por isso, a despedida tinha sido tão ardente. Com o pássaro na mão, o resto, os pormenores, já não importavam mais à novidadeira intrigante. Nem, naquela noite de começo de saudades, Hortênsia conseguiu se demorar nos ócios do costume, ócios gostosos de morna satisfação, esvaídos entre venturas na enxerga simples da Casa do Contrato. A mão distraída do major ainda passeando lembrados restos de orgasmos pelos seios muito brancos, graciosamente picados de sardas, a mulher alegou receios do povo... do marido que, por último, mordia-lhe a paciência com ciúmes tolos, sem razão nenhuma! Pensando no efeito de sua bomba a explodir na Chácara da Palha, Hortênsia apressava-se, queixando-se — chorando ao major.

Aproveitou o pretexto e, antes de esfriar a carne no retempero natural, vestiu-se depressa e tratou de ganhar o beco dos fundos, direto à chácara.

Tão apressada ia que nem percebeu Juca das Drogas a cumprimentá-la, coçando uma orelha pela incompreensão de sua presença ali, àquela hora noturna... Também, mesmo que o tivesse notado, pouco se importaria com a bisbilhotice do velho desde que, dentro de poucas horas, estaria assumindo de novo seu lugar de mulher da maior autoridade da terra, de maior prestígio e de maiores mandos!

Naquele momento exato, o major, também já abotoando os últimos botões da casaquilha azul, tomava seu rumo, a buscar Teodoro, já bem amarrado, com vinte dragões em volta, num canto de grota ao pé do arraial. O homem, preso desde pela manhãzinha, estava ali guardado em segredo. Com o adiantado da noite, o major pretendia trazê-lo para o tronco da cadeia, não despertando curiosidade ou clemência do povo. É que o militar muito bem sabia que o nome de Teodoro havia de revolucionar a vila inteira.

130

Com cara de muitos pêsames em missa de sétimo dia, cara que por incrível como pareça, Hortênsia conseguiu arranjar, a encobrir opados de satisfação, a mulher barafustou pelo parque da Palha, na maior das ansiedades, pouco se lhe dando a hora muito alta, quando só os grilos e os sapos do córrego ao lado faziam seu esporro noturno.

Ouvindo chamar, Xica espantou-se mas, acendendo um candeeiro, ficou em guarda.

Primeiro, custou a entender o sentido das palavras que a outra lhe gritava, de fora, cortadas pela pressa em falar tudo de uma vez, tremidas pela alegria malcontida e fragmentadas pela emoção.

— Teodoro? Preso!? Na gruta do Salitre? Salitre!? João Fernandes levado para Lisboa pelo conde? Por força de um decreto? É isso? É, mulher? Impossível! — Os olhos de Xica de velhos brilhares romperam escuros na noite de fora. Ferida profunda por tanta traição, Xiquinha pensou: "Será João

Fernandes!? Foi ele que mandou prender Teodoro na gruta soturna? Não! Não! Não foi não... João era honesto... honesto e leal. Leal mas traído... O major! Só ele", lembrou-se agitada dos olhos de riso malvado, da boca do homem torcida de gozo... Na nebulosidade de seu raciocínio, assim acordado pra ver a desgraça, Xica destacou a figura do major, na sala, no dia em que pediu a João Fernandes que fosse ver o garimpeiro. — Foi ele que ouviu! Foi ele o traidor... Foi ele... assassino!

Os olhos de Xica furavam o sereno por sobre as mangueiras do parque tratado. E seu João Fernandes? Preso também, que nem Teodoro, seguindo pra Europa por muita perfídia do conde de merda... Mentira! Mentira! Hortênsia era a puta pior do arraial...

E Xica, sozinha, deixando o marido dormindo inocências, havia de ver o que era verdade naquelas notícias. Jogando um agasalho por cima dos ombros, mandou preparar seu cavalo Pimpão e em disparada, sem dar mais nem com os olhos na loura inimiga, partiu pra cadeia.

131

Mas Xica era dura! Já crente na coisa, por toda a viagem, chorar não chorava! Os olhos vermelhos, já não mais amêndoas de negras intuições, riscavam coriscos de luz no caminho.

Na encruzilhada do alto da cruz a lua era branca. Estrelas pouquinhas, o céu bem clarinho mas, numa pedreira de rochas pontudas, o bode da lenda juntava seus cascos na quina da pedra, amarrando porvires. Com a barba, apontava os homens perdidos na ferocidade do fogo-ambição. O vulto, no escuro, chamava desgraças, pedia vinganças... O bode se ria — Xiquinha notou —, mostrando seus dentes que nem Satanás... E Xica, coitada, os olhos enxutos, corria pra ver bem de perto a miséria que o bode lhe anunciava!

Xica foi chegando à cadeia do arraial, onze horas da noite, a tempo de ver, chegando também, o negro Teodoro. O pobre cativo, de novo apanhado, coberto de ferros e muita porrada, trazia nos olhos lembranças perdidas nos velhos amigos faiscadores, em sua Celeste, pejada e aflita, também agarrada na brutalidade pelos soldados do verdugo Brandão.

Chegando mais ainda, por um milagre, contra a vontade e o plano perverso do cão caçador; chegando também, de todos os lados, bequinhos, ruelas e até dos terrenos distantes, devolutos, o povo acorria pra ver Teodoro, o homem-fantasma, mais brabo que o tigre, mais justo que a morte!

E vieram o intendente, o pároco, o ouvidor, o almotacé, o furriel, as prostitutas, o pesador dos ouros, o Juca, o Quirino, o senhor barão, mulheres em bando, crianças, moleques...

Apenas faltou Botelho, o pintor da Igreja da Nossa Senhora da Soledade porque, só pintando, só vendo belezas, não tinha tenência pra coisas assim.

132

Atado forte ao tronco, com ferros nos pés, cabeça rachada de muito lutar, ferido por dentro, Teodoro é um trapo!

E as perguntas safadas choviam-lhe em cima:

— Quem compra brilhantes?
— Quem faz contrabando?
— Onde é que mineras?
— Quem são teus amigos?
— De que vocês vivem?
— Fazendo que coisas?...

A cada pergunta que fica sem resposta, porque Teodoro não fala, só olha, o major mais espanca o faiscador. E tem prazer nisso!

O conde presente só se perturba com o silêncio quente do pátio sujo, escarrado, repleto de trens mais imprestáveis do que cacumbu de binga. Convidado de honra do caçador de gente, o conde se irrita. Pra fazer alguma coisa, pergunta a Teodoro, com sua vozinha insignificante de tipo derruído dos bofes:

— Ouça lá, seu bruto: a quem tu vendes os diamantes que roubas a el-rei?... Diga, idiota!

Adulador das quintas, pra incentivar Teodoro a dar resposta, o carcereiro atira sobre seu corpo-sangue-só uma caneca d'água fria:

— Vá... isto faz-lhe bem, amigo Teodoro... coragem e responda ao senhor fidalgo!

Machucado, sem forças, Teodoro nada diz, nada pede, nada implora. Olha. Só olha e, no olhar, atira punhados de desprezo e ódio. De nojo impotente. Que pensará Teodoro morrendo? Em sua Celeste... no filho gerado na furna bonita da serra Salitre? Nos companheiros perdidos no monte? Em Deus que lhe deu tamanha coragem? Em Xica da Silva que por todos os indícios, foi quem o traiu?

Aproximando-se mais do prisioneiro, o conde examina-lhe com curiosidade imbecil os grilhões, as correntes, as bragas injustas e cruéis... Afrescalhadamente, empurra-o com a ponta do bastão. Em paga recebe uma cusparada tão firme como não seria de suspeitar viesse da debilidade extrema provocada pelos muitos ferimentos de Teodoro.

— Cretino! Ladrão! — foi tudo o que o nobre achou de reclamar, deixando, passivo, que o major limpasse dedicadamente a cusparada em sua manga, com o lencinho de bordados que ele mesmo lhe passou.

— Este não fala! Se falasse... se dissesse alguma coisa, talvez... quem sabe lá? Ora sebo!

Ainda assim, foi a única fala de simpatia e esperanças de fato que se ouviu em favor do prisioneiro-agonizante.

133

Nisso, despertado por Paulão, João Fernandes entra apressado no pátio da cadeia. Vinha cansado, no rastro de Xica, que tinha passado o dia inteiro nas minas do Fanado. Apenas começara a dormir, Paulão trouxe-lhe a novidade de que Xica...

Pálido, trêmulo, sem poder conter sua indignação, grita:

— Parem com isso! Senhor intendente, que absurdo é esse? Mande parar com essa barbaridade imediatamente!

O berro do contratador assusta todo mundo. Até Teodoro, quase morto já, soergue pestanas pesadas como se fosse de ferro, numa tentativa para abrir os olhos inchados.

— Ora... parado estou eu! É que... é que...

— Não se preocupe, senhor contratador, e não se afobe tanto que emoções fazem-lhe mal ao coração. — Tomando a frente do Mucó, Valadares se ri com escárnio, sacudindo seu bastãozinho elegante, ponteira de ouro, que tanto destoa do sujo ambiente. — O caso está por minha conta! E, agora, se o senhor me der licença... — faz sinal para que o major prossiga com o espancamento.

João Fernandes não se contém: arranca a tala das mãos do militar e atira-a longe:

— Creia-me, senhor conde... estranho essa sua maneira de agir! Um nobre...

— Um nobre em defesa do erário d'el-rei, coisa que o senhor desconhece! E aconselho-o a não estranhar coisa alguma. Eu sou uma autoridade!

João Fernandes interrompe-o com violência, a ponto de quase o agredir:

— Absolutamente! Aqui, na Demarcação, pela lei, é o senhor intendente a autoridade maior. — João Fernandes aponta Mucó com o dedo que, pouco antes, sacudiu atrevimentos, roçando o nariz do conde.

— Ora vejam... ora Vossas Excelências, meus amigos... a disputarem mandos. Eu, cá por mim... é como diz o outro, abro mãos... ora... sebo!

João Fernandes não estava dando ouvidos aos embaraços do intendente:

— ...e, pelo que sei, sua senhoria não tolera esses espancamentos! Essas barbaridades! Esses assassinatos!

— Ora... eu, é porque... ora sebo!

João Fernandes não podia desgrudar os olhos do corpo de Teodoro, talvez já morto. Com o hiato, Valadares cresce em petulâncias inusitadas em sua por si fraca personalidade:

— Lembre-se, senhor contratador que, lamento dizer, já não mais está aqui o amigo sincero nem o hóspede agradecido.

Nem mesmo um nobre português. Sou, apenas, um enviado plenipotenciário d'el-rei, e que sua majestade sabe que põe acima de tudo, da vida até, seu zelo pelas coisas do ofício. — O conde quer ser enérgico mas torna-se apenas bufo. — Afinal, o senhor está do lado da justiça d'el-rei ou a favor do contrabando? De bandidos contrabandistas?

João Fernandes olha em volta, sem compreender tanta crueldade:

— Pois muito bem, senhor plenipotenciário — e a palavra comprida custa-lhe a sair. — Teodoro... o cadáver de Teodoro está em suas mãos! Deus salve sua alma!

Empurrando o major abestalhado em sua frente, enxugando o suor abundante pela forte emoção e revolta que lhe escorre pela testa, encharca-lhe as mãos, o rosto, o peito... João Fernandes sai apressado, como se fugisse da peste, para o largozinho em frente, já em pleno ar livre! Xica segue-o inesperadamente submissa. Sabe que o contratador, se não foge, havia de arrasar tudo ali, inclusive, e sobretudo, a cara anêmica e magrinha do conde.

Nos olhos, Xica tem lágrimas redondas presas nas pálpebras escuras. E, no côncavo das lágrimas, a figura de Teodoro morto.

Mucó, sem saber exatamente o que fazer, acompanha o casal, ruminando razões:

— Eu também peço licença, senhor conde... Penso que nada mais tenho a fazer aqui... Desde que o caso está nas mãos de Vossa Excelência... Na verdade, eu também peço que me dispensem...

134

No larguinho, Xica-Tristeza abraça-se ao companheiro pedindo-lhe que fuja:

— Tu, preso, João Fernandes? O meu João, meu bem? A Hortênsia falou que o cachorro do inferno do Valadares traz já teu decreto no bolso de dentro da casaca... Sacana traidor! Eu não pude falar com você ainda... depois de tudo isso... o decreto que te manda prender, João Fernandes... vam'bora nós... pra bem longe, quem sabe? Pra Curralinho, quem sabe, uai? Pro Serro ou pro Mendanha... Talvez Paraopeba... ou ainda mais longe... Sabará ou Goiás... Vamos virar bicho que nem Teodoro... Tu ganhe assussego, depois nós voltamos! Teu amigo marquês... escreve pra ele! João... sim... não faz mal... Tudo se acabou... Tudo se... — Xiquinha está chorando inesperadamente. — Coitado do Teodoro! Não faz mal, não... nós também se acabamos... a chácara, os ouros... os ouros e os mandos... os mandos... os mandos e o mais... Eu tive você... o tempo foi nosso. O tempo, não foi? Tudo se acaba... tudo, João!... — João Fernandes estava triste por causa de sua Xica. Como consolar tanto desespero?

— A vida, minha querida, é como o amor da gente. Aquele amor que só você no mundo sabe fazer... — o contratador finge rir — antes de acontecer, é a delícia da expectativa... lembra-se, filha? durante o acontecimento; a loucura! Os ouros, as festas, a chácara, o barco... Depois de acontecer... tudo passado, é isso aí, minha querida... Teodoro... eu... você...

135

Batendo sua bengalinha no lajedo, com um velho sapato branco de alguma esmola, cega Vicência atravessou a praça no justo momento em que João Fernandes e Xiquinha, abraçando finais, tomavam vagarosamente o caminho da chácara.

— Que um tumor de bicho lhe roa as tripas, miserável! — só que ninguém ficou sabendo a quem cega Vicência, batendo sua bengalinha no lajedo, com seu sapato branco muito velho, desejava tamanho mal...

136

Na Casa do Contrato, Valadares e Brandão acertavam as horas para a partida final.

— Mais um empurrão e vai-se a carga ao porão! Cá estamos nós a termo de missão, hein, ó Brandão?

— Com a graça de Deus! O diabo, conde, é a Hortensinha... creia Vosmecê que, incrível como lhe pareça, enrabichei-me pela tipa! É uma bandalha, não tenha dúvidas... mas...

— É! — concordou o conde, já sem qualquer interesse em coisas do arraial — parece-me que a bicha tem mais amantes do que cabem na cesta do Mucó! Agora, amigo, deixemos de banda Hortências e quejandos para metermos mãos à obra. A partida está pronta, pois não? Inteiramente! A tropa, guardada com reserva, está por detrás do cemitério dos escravos onde pernoitará. Entendido? Amanhã cedo, tu montas e vais pra lá. Juntas os dragões para a viagem, que não espero termos trabalhos de violência... Eu sigo só para a chácara. Entrego a carta ao homem. Cerca das nove horas, se tanto, estarás já com os dragões montados e com a tropa inteira na praça da igreja. Então, ainda terá pouca gente na rua... Vou, eu e o João Fernandes, já sob minhas ordens, ao teu encontro e, sem mais demora, tomaremos a estrada.

— E se houver reação... na chácara? — major Brandão preveniu.

— Não. Não haverá! O homem é um elegante... Sabes, Brandão? Custa-me esse trabalho... — O conde acendeu um dos charutos, presente do contratador. — Missão espinhosa! O João Fernandes sabe ser gentil. Se não fosse o diabo da negra... um estafermo... eu mesmo nem sei se teria coragem para prendê-lo. Afinal, convenhamos, quase que à traição!

— Qual o quê... O homem não perde nada, preso ou não. Nada disso lhe custou um caracol, que as pedras de sua fortuna foram apanhadas no chão. Rouba as maiores pra fantasiar a Xica de rainha... Grotesco! O resto, o que manda ao reino, é o suor dos negros que faz. Quando tiver de entregar tudo, nada perderá porque nada é dele! Nem a negra!

— Nem mesmo a Xica... você diz muito bem, Brandão. Parece que a negra trepa tanto ou mais do que a tua Hortênsia... Tinhas tu coragem de comê-la?

— Deixo-a pra ti, com meus cumprimentos! Meu receio é que ela, amanhã, faça tal espetáculo que dificulte teu trabalho de trazer-lhe o macho.

— Qual nada! Irei cedo. Pego-a a roncar. Afinal, será tudo uma surpresa surpreendente, se me permites o pleonasmo.

Ri-se o conde e, tomando o grande envelope, alisa-o bem, beija as armas reais com um respeito engraçado e manda:

— Toca a dormir, Brandão, que amanhã temos boa

obra! — Soprando a vela, enrolou-se na manta de viagem, desde que o resto da bagagem já estava todo muito bem acondicionado na tropa, espichou-se com satisfação na enxerga, benzeu-se, arrotou, peidou e dormiu profundamente até o sol acordá-lo pela fresta da janela mal cerrada...

137

Ainda não eram as sete horas e já o conde estava na porteira da chácara. Ao negrinho que atendeu, mandou que, sem barulho, sem acordar mais ninguém em casa, nem mesmo dona Xica da Silva, fosse lá dentro e chamasse o contratador para fora, com muita pressa.

Enquanto esperava o bom desempenho da missão pelo menino que lhe pareceu bastante vivo para a incumbência, sentou-se num velho toco que forrou com seu lenço maior. Tomou sua pitada de rapé com muita satisfação e se deixou ficar mordendo um graveto apanhado ali no chão, ao acaso.

Lembranças rebateram sete meses antes, naquela mesma porteira, quando viu Xica, pela primeira vez. Que figura! A mulher era doida mesmo... Parecia que a estava ouvindo ainda... "Vamos entrar... seu conde... vamos conversar lá dentro, uai... cadeirinha macia pra bunda cansada..." Valadares começava a se rir quando mal percebeu João Fernandes que vinha a seu encontro, com uma capa sobre as roupas de dormir.

Mesmo incluindo os penosos cumprimentos de má vontade, de parte a parte, poucas foram as palavras trocadas junto à porteira. Compondo a fisionomia para a circunstância, Valadares retira a carta do bolso da camisa de viagem com exagerados cuidados. Em mais falsas cerimônias e ensaios de lamentação, o conde mostra a carta fechada, rompe o selo e, em voz baixa dentro da friagem da manhã, começa a leitura formal da intimação: "...assim ordeno que seja trazido a este reino o natural João Fernandes de Oliveira, até a presente data investido na função de contratador real dos diamantes das terras demarcadas... sem ferros ou outras quaisquer citações por ser vassalo da Casa Real. Determino mais, por real ordem de Sua Majestade e Nosso Senhor, que a viagem tenha início o mais tardar três dias após a leitura desta em praça pública, conforme a letra da lei. Cumpra-se."

A entrega da carta de pregão; o recebimento frio da já esperada ordem de prisão; o pedido de discrição — "Afinal, por se tratar de quem é... Considere mais o senhor João Fernandes que, conforme manda a lei, procurei fazer a leitura em praça pública... estamos fora de casa e ali está o público..." O conde apontou o negrinho que havia levado seu recado ao contratador, olhos muito abertos a ver o que se passava; o tempo exato para que o contratador se vestisse para a viagem longa; encilhar o cavalo, montarem os dois e partirem para definitivas ausências; tudo isso não consumiu mais do que vinte minutos.

138

— Foi s'embora... — era Figênia, no abismo da nova.

— Indagorinha! — Chiquinho chorava.

— ...Com o conde. Numa pressa danada! — Tonha enxugava lágrimas gordas no seu avental.

— O conde leu um papel bonito... — contou o negrinho vivo.

— Nem que fossem tirar o pai da forca! — Paulão estava espantado!

— O quê? Aonde foi João Fernandes? Digam já! Quero saber agora mesmo... correndo! Então, o conde mostrou uma carta? Leu? Vieram soldados? Dragões! Veio mais gente?

Assim, por meio de afirmações e perguntas, Xica teve a certeza mais lascada daquilo que já não era mais novidade para ela: João Fernandes estava irremediavelmente perdido!

Minutos depois, apenas minutos, já a mulata galopava desesperos em direção ao centro do arraial, à praça por detrás da igreja, em busca de mais certezas para a sua certeza.

E ia furiosa com ela mesma, sem se deixar perdoar por ter desperdiçado tempo precioso, deixando que a noite se esvaísse em indecisões e marasmos românticos e sentimentais. Afinal, por que não fizera alguma coisa? Por que não tomara nenhuma providência prática, já que o marido tinha se deixado entregar ao destino, sem qualquer reação? Por que o acompanhara como uma lesma imbecil? Por quê? Por que não obrigara João Fernandes a fugir, enquanto havia tempo? E era tão fácil... Tão fácil ter matado ela mesma o porco do conde, já que estava sozinho do lado de cá... E Cabeça? Seria até uma bobagem... Por que se deixara dormir pela madrugada adentro? — e Xica galopava no frio da manhã, já o cavalo fervendo espumas nos baixos, as crinas voando, batendo-lhe no rosto, largando poeira fininha pra trás. A roupa ligeira nadava em balanços, os pés descalços que tempo faltou pra pôr uns sapatos, Xica fervia em perguntas doridas. — Por que não acordara? Ninguém a acordou... Para não ver a prisão de João Fernandes? Teria sido por isso? Por só covardia?

E Xica sumia atrás dos minutos...

139

Desde a rua de Baixo, Xica começou a perceber o movimento assanhado do povo na praça. Mais gente correndo, saindo dos cantos, tal como na véspera, pra ver Teodoro. Tanta gente na rua já estorvava o galope desenfreado pela sofreguidão de chegar.

Ao passar pela cadeia, Xica ainda viu, de muito relance, a luz de uma vela guardando, na certa, o corpo estourado do contrabandista. No seu desespero, achou de esconjurar o que ninguém sabe, por cima da cruz do "Em nome do Pai..."

Sobressaindo entre os capacetes de penacho dos dragões e os animais da tropa, pejados de um tudo, ajuntados no meio da praça, na indocilidade de princípio de jornada, a figura de João Fernandes, cabelos ao vento, gritou nos olhos de Xica-Derrota.

Por muita sorte, ainda alcançava o companheiro no arraial! Era evidente que o encontro do conde e seu prisioneiro com o resto da comitiva viajante, segundo o plano bem acertado na véspera, com o major, caçador de garimpeiros, se dera pouco antes da chegada de Xica. Mas, evitando possíveis tumultos — que o povo ainda fervilhava pelos acontecimentos de horas atrás — ou desordens menores, Valadares apressava ordens ligeiras para o início imediato da jornada:

— Brandão, vamos embora! — Logo, o major emparelha seu cavalo ao de João Fernandes, com a soberba instantânea crescida, na hora, pela vitória.

Já Xica atravessava a praça, quando escutou, apagando o burburinho do povo irrequieto, a voz de Cabeça, em grave gritar, atirando-se de encontro a João Fernandes para livrá-lo da prisão:

— Meu amo, não! Meu amo não vai! Nunca! Ninguém põe a mão no meu amo! Duvido, canalhada... — e já as enormes mãos muito negras faziam menção de agarrar o contratador de sobre a sela, quando o major, espada desembainhada, correu com a ordem:

— Pedestres, recolham o escravo ao calabouço!

— Duvido, filhos-da-puta! — Cabeça começou a espernear, cercado por dez ou doze voltantes obedientes que tentavam imobilizá-lo à bruta força de golpes de sabre, murros e pontapés.

Arrastado como um fardo, o negro gigante conseguiu passar a mão num púcaro entre os muitos que um negro mercava, indiferente a tudo, no vão de uma porta, e atirou-o, sem rumo, só com um protesto, contra a comitiva.

O púcaro estilhaçou-se ao atingir uma besta carregada que refugou aos coices.

— Sacanas de merda! — Cabeça se distanciava, gritando mais impotências contra a iniqüidade da prisão: esculhambava o conde, o major, os dragões, o povo covarde que permitia aquilo ali... gritava sem se importar com o massacre que os soldados da vila e os beleguins do conde iam abrindo em cima dele. E Cabeça berrava com a mesma coragem do major quando fermentado repentinamente em mandos, que tanto a vitória como a derrota, se abrindo em florões, dão nova sustância à alma da gente.

Xica é que estacou o cavalo, o seu brioso Pimpão, apeou-se de um salto e correu em direção ao contratador, já em começo de marcha, escoltado pelo major:

— João Fernandes, não vá! Não vá, meu amor! Sou eu... tua Xica, que está te pedindo... Tu não voltas mais nunca... Tu não vai voltar mais! Nunca mais... eu sei! — e atirou-se, resoluta, às patas do cavalo, abraçando, chorando e beijando as pernas montadas de seu homem perdido. Protegendo-a de alguma pisada do animal espantado, João Fernandes virou-se de lado na sela. Com o movimento, viu que estavam exatamente em frente à janela da mansão do sargento-mor. Numa das jardineiras, à altura de sua mão, floriam rosas. João Fernandes colheu uma grande, rompida em vermelhos, folhuda em guardados, aberta em gotas de orvalho.

Pouco se importando com o ato do preso, major espicaçou-lhe o cavalo para prosseguirem, arrastando Xica no chão. Mas, dando com os olhos em dona Hortênsia (dos Fonte Garcia) que assistia à partida, estuante, no meio do povo, parou um minuto e atirou-lhe despudoradamente um beijo na ponta dos dedos.

Percebendo que o marido notara o gesto imprudente, a mulher franze rapidamente uma ruga na testa, de revoltadas honestidades:

— Hum... não se enxerga! Pensa o que da gente?... — Sentindo que Mucó não estava muito propenso a aceitar suas sublinhadas mágoas em caldas de muita castidade, Hortênsia acrescenta a um novo muxoxo: — Aquele pobre infeliz quer é te insultar... Liga não, seu bobo!

Irritado, resmungando contra a mesquinharia daqueles que se aproveitam da hora extrema de uma partida definitiva para ações de pura covardia ("Ora sebo!") Mucó se vira acintosamente para se proteger de qualquer outra ofensa ou franca provocação.

Disfarçando em suaves tintas sua secura pelo rapaz, Hortensinha, ainda bonita embora já com alguns cabelos brancos, desvencilhou-se docemente das mãos que lhe tomaram o braço picado de sardas alegres, para se voltar, olhos já em compridos saudosos das inafortunadamente tão raras e esparsas horas roladas na enxerga da Casa do Contrato, e atirar-lhe também um beijo rápido, enrolado em muita manha.

140

João Fernandes, ainda num supremo esforço para resistir ao major que, depois do beijo, volta a espicaçar-lhe o cavalo, passa a rosa a Xica, sem deixar que se perdesse a oportunidade para um galanteio final, de última despedida e de muito amor:

— No dia em que cheguei aqui, Xiquinha-Amor, uma escrava ladina, molequinha descalça, me deu um botão de rosa, lembra-te, filha? Hoje, de saída... — João Fernandes tentava evitar que Xica fosse arrastada mais e escalavrasse os joelhos morenos nas pedras no chão — devolvo a rosa, já aberta, à senhora dona do meu coração — Xica, finalmente, deixava-se ficar para trás, jogada no solo de seus tantos passados pisares —, de minha vida... Xiquinha, de minha alma...

Retardando seu cavalo em seguimento à liteira vazia, a que tinha brasões pintados a fogo nas portinholas, liteira que apenas seria utilizada já em jornada aberta, para o repouso nas horas mais quentes, o conde rabeia o olhar prepotente em torno de si, a ver, curioso, que impressão dava sua figura de roupas gomadas ao povo humilhado, espantado, perdido em tímidos desamparos, na expectativa do nada uniforme de todos os dias...

Por muito favor e condescender, desviando a montada do corpo abandonado de Xica no chão, só achou resmungar, com cara de nojo:

— Negra! Hum!... vai-te! — Voltando-se na sela, pra bem ouvido, repetiu a vingança inútil por tola: — Negra... vai-te!

141

No meio da praça já se esvaziando do povo que, conforme se viu, se havia ajuntado pra ver aquele final de coisa nova, em grossos espantos, só restou embolado nas pedras do chão, por dentro da capa comprida que alguém lhe jogou sobre as coxas de fora, o corpo pisado de Xica da Silva. O alguém dono da capa, o Juca das Drogas, mantendo segredo ferrado do gesto, pensava consigo: "Já que ninguém viu, quem sabe se, um dia, dou-me a conhecer, e ela, perdida de todo e de tudo no mundo, na devolução, se lembre de mim. Então, churupito-a escondido do povo, e tenho-a de graça, ainda em bom uso, bem boa de cama que, quem já foi rei tem sua fulgência..."

Os olhos de amêndoas em lágrimas fartas, a boca mordida em mudas entregas, contendo uma história de muitos começos, de meios marcados e de um fim solitário, Xica gemia:

— João, meu João, cadê minha vida?
E Xica chorava baixinho, no chão:
— Cadê minha vida? João, meu João?

142

Descendo as escadas da Câmara, mesmo em frente, de onde assistira todo o espetáculo, escondido e medroso, o sargento-mor depara a mulata sofrendo derrota. Remotas caridades, distantes lembranças na carne entranhadas por muito viver. "Foi naquele tempo... te alembra, Xiquinha?", a mão já querendo pousar na mulata, sargento-mor se aproxima. Vontade era ainda dizer-lhe palavras que lhe fizessem bem, palavras que fossem despidas de quinas agudas, que não machucassem nem mesmo no peso das letras! Mas foi justamente atravessando a praça que o sargento se encontrou com Mucó, recolhendo-se ele também, mais a mulher. Hortênsia olhava pra Xica, igual todo mundo. Nisso, se abaixa, toca-lhe um ombro e fala em mofas de muita ironia:

— Por que tu estás chorando, Xica?

Como ave perdida em tempo de inverno, sargento toma alento suave e se abaixa também. Mas, logo percebendo que Hortênsia, perversa, somente abriu pausa pro estalo da maldade, disfarçou timidez, apagando idéia de dizer qualquer coisa à negra infeliz. Recolhendo depressa a mão que já ia pousando amizade na Xica-só-Dor, escutou a comadre prosseguir na perfídia:

— Por que choras tu, sua fingida? Não foi só por tua

causa que isso se deu? Não foi? Quem foi a culpada d'el-rei mandar prender o contratador? Um homem tão bom... tão dado à pobreza... Agora, diaba, fica aí. Fica! Se arrastando no chão que nem cobra mesmo! Tu não tem remorso, escrava fugida? Te arrasta, serpente!

Com asco, cuspiu dona Hortênsia pra um lado, um cuspo que lhe ardia na boca fazia vinte anos!

Sargento-mor, visto isso, desviou-se sem jeito e tomou novos rumos de amenos pisares:

— As coisas se formam, homessa! Eis aí... Acontecem... — pensou, como esmola, lembrando de Xica chorando no chão. — No fundo... é uma merda!

Mas o senhor ouvidor, querendo agradar à loura bonita, já livre do cuspo que lhe amargava na boca, e já recolocada em suas grandezas com o arraso de Xica, seguiu-a, aprovando depressa, submisso:

— É mesmo... a senhora é que tem razão! A negra não presta... nunca prestou! Tomara que passe um capitão-do-mato! É negra fugida... A gente que viu tudo aquilo acolá é que o diga... A Xica, acredite senhora dona Hortênsia, a Xica é uma serpente... a senhora acertou!

Hortênsia, se rindo, pensava consigo: "Que pulha! Te afasta de mim, velho imundo! Eu soube, outro dia, que largaste doença de gota escorrida na cega Vicência... Por isso, bem feito! a cega te xinga sem beiras de medo!", mas pra gente ver, se ria elegante saudando o ouvidor:

— Muito bem! Como estás... lembrancinhas em casa!...

143

Mais para adiante, já na saída pra rua Direita, as mãos balançando preocupações com a mesada perdida que o preso lhe dava para enfeitar o trivial diário, com um frango ou uma fruta, o pároco perguntava pra todos os lados:

— Que se há de fazer? Isso foi o diabo...

Com a penca de filhos, inclusive a do meio, a que se benzia a cada passo que dava, muito agradecida por Deus ter poupado a sorte esmagada das prostitutas, que nem a sem-vergonha da Xica-sem-Peias, alferes Quirino voltava da festa.

E a menina do alferes dizia rezando:

— Um dia, o castigo vem! Deus Nosso Senhor não perdoa, não, minha gente!...

E o pai afirmava, com gravidade, no compasso da marcha:

— Deus não perdoa... O escândalo é um pecado grave!

— Muito grave! Deus não perdoa... — responsavam ao lado, alguns caminhantes, na cor da oração.

144

Como uma pedra que se atira dentro d'água vai abrindo círculos cada vez maiores, a reprovação dos grandes da terra contra Xica da Silva, funcionando como aquela pedra, também ia abrindo área cada vez mais larga.

De todos os lados, da rua e das janelas, começaram a crescer comentários e ofensas, apontando Xica chorando nas pedras.

— Porca parideira! — grita uma voz de pioneiras coragens, mas que logo se esconde atrás de um portal.

— Vá chamar teu homem pra te defender, negra sem pejo! — No seguimento, berra outra voz.

— Também, com tanta safadeza, isso só podia terminar assim! — afirma judiciosamente um velho alfaiate, coçando o cavanhaque com muita circunstância.

A bengala fininha do sacristão da Igreja das Mercês, aponta pra Xica, encorpando os dizeres do amigo alfaiate:

— Sem a honestidade por base de tudo — o velho abriu discurso de peso —, veja bem o caro amigo, não há palácio que se mantenha de pé! Eis aí... — e a bengalinha mostrava inclemente — em que resultam os vícios... a dissolução dos costumes... o abandono da moral... o achincalhe da dignidade... a perversão dos mui nobres sentimentos da carne, em se lhes não levando os impulsos, assaz naturais, para o bem e para a manutenção da família. — Só então a bengala das justiças do velho sacristão, baixou caridades. Mas voltando-se de novo, agarrando-se ao braço do amigo alfaiate, achou de acrescentar, pensando consigo que uma noite com Xica havia de ser de tirar o couro a um gato. — Dinheiro sem Deus é carro sem travões! E sem os bois... amigo Calistrato! E de estrada abaixo!

E nada mais tendo a dizer, por acharem tudo conforme, os dois se voltaram, ambos abanando com as mãos para trás as abas da casaca e...

— Prostituta! Cadela sem-vergonha! — irrompeu-lhes por cima, atirados por uma janela como um balde de despejos, mais insultos a Xica da Silva. Os dois se refugiaram numa porta, com pavor, como a se defenderam de uma chuva repentina.

E de uma sacada que dava pro beco atrás da igreja, por boas seguranças, aumentavam as ofensas:

— Sonsa de uma figa! Vá mostrar teu navio pro padre que te fez!...

— Vagabunda!

— Escrava! Negra do ganho!... — de outra janela.

Com o engordar rápido do falatório — que basta um começar pra dar coragem aos outros —, meninos, ar de molecagem, começaram a se aproximar de Xica. Mal tendo consciência do que a rodeia, ouvindo as injúrias de muito longe, como se não dirigidas a ela, nem mesmo entendendo o exato sentido das palavras de injustas agressões, Xica tenta se erguer. Pensa vagamente em tomar a direção da chácara. Firmando-se num joelho, sente-o dorido do arrastar-se nas pedras. Dentro da névoa que a cerca, recorda-se de estar ainda agarrada a um cavalo... Procura João Fernandes de Oliveira — "um porto seguro do céu nesta terra... — palavras do pároco, um dia qualquer..." Logo, um garoto mais atrevido, pretinho, talvez um dos que gatinharam inocências em sua barriga ou em suas almofadas, empurra-a com força, pra se divertir.

Sem firmeza no joelho escalavrado, sangrando, Xica tomba entre risadas ainda infantis.

E Xica não consegue se levantar mais porque os moleques, em número crescente, se juntam em sua volta:

— Xica rabada!

— Xica rabuda!

— Cadê teu barco, fia-da-puta?

— Cadê teu homem? Foi pra Lisboa? Mode que não vem dá pancada na gente?

— E tu, por que não dá? — desafia um dos menorzinhos, nariz correndo do tempo frio, fungando e limpando com as costas da mão.

Foi exatamente o alfaiate judicioso, do cavanhaque em ponta tratada, que afugentou a molecada e ajudou Xica a pôr-se de pé:

— Não! Não concordo! Se a queda foi merecida, o coice é um absurdo!... — Vencida-perdida, mais tonta que beba, a mulata caminha sem rumo nenhum. Talvez vá pra chácara... quem sabe? Caminha... mais passos de fuga de que de esperança... mais de esconder do que de buscar... E Xica-Mais-Nada caminha sem ver, bem dentro do sonho que a cerca todinha ao lado do homem sumido de todo... Caminha e pressente que o chão pisado por ela nos gáudios passados, macio das falas dos aduladores, das donas Hortênsias e dos intendentes, dos homens curvados em arcos humildes, agora era outro, cheinho de espinhos, rangendo de ódio, calcado de inveja, de falas ferinas, de lutos presentes, de sangue corrido de seus ferimentos... E Xica pressente que o chão agora é outro, assim de repente... a vida? Que vale? Só valem verdade pepitas de ouro, saquinhas de pedras, baixelas de prata, dinheiro rolado, os luxos, as rendas, as benfeitorias, as terras... o resto é fumaça... é o homem que morre que nem Teodoro... é o homem que vai que nem...

E Xica andava; andava e corria como se fugisse de um mal tão redondo que...

— Rabuda! Xica Rabuda!... — recomeçaram as injúrias que os moleques, fugindo ao alfaiate, deram volta para a cercarem de novo, no caminho da Palha.

— É no rabo da rabada... é no rabo da rabuda... — outro menino pretinho entoava já num começo de canção improvisada.

Chegando correndo, mofino mas duro nas falas de covardia ainda impensada, o menor de todos também já tascava:

— Labada... vai, labuda!

Xica só se estremeceu, caindo em si completamente foi quando ouviu em falas adultas:

— Vamos pra chácara! Vamos queimar o castelo dessa negra!

— Feiticeira! Escrava do diabo!

— ...queimar o castelo mal-assombrado onde ela trepava com o Demônio!

— Queimar os móveis... aquela merda toda! — e a voz escutada era duro pra Xica. Era do Manelote, o filho mais velho do padre Rolim, aquele mesmo que ela, assim como ao Zezé, mostrara os primeiros caminhos do sexo, veredas primeiras para o amor, nos misteriosos porões da Casa da Ordem, em dias abafados de muito querer...

— Vamos queimar tudo... Vai ser uma festa!

— Linda fogueira!

— O incêndio da chácara!

A pedra veio certinha na testa de Xica...

— Mata que é bicho!

— Cospe nela, Mariana... na cara dela!

— É bicho, sim... mata!

A pedra acertou.

O cuspe também.

145

Cobrindo a cabeça com o xalezinho preto apanhado ao acaso no momento de correr para ao menos se despedir de seu contratador, Xica desviou-se da estrada que levava à já não mais sua Chácara da Palha.

Subiu o caminhoto do cemitério dos escravos, bem mais deserto e apenas guardado pelas suas almas de muito querer. Chegando quase em cima, tomou a direita, apenas uma trilha que inda hoje tá lá, e partiu decidida em direção ao distante convento dos padres pretos, levantado por ela, e onde estaria ainda Zezé, o Zezé de outros dias, agora com ordens, vestindo batina, aberta a coroa de luz e respeito, mas sempre disposto a guerras pesadas para o bem da terra e da liberdade... Zezé, bom de falas... valente às carradas...

— Zezé... meu Zezé... — chamava baixinho, as lágrimas caindo, os pés caminhando... Caminhando com sangue na testa... caminhando com cuspe na cara...

146

Tarde da noite, cansada, com sede... talvez que com fome — que muito virado, em um dia só, esquece o comer —, tarde da noite, já sem seu Cabeça, já sem seu marido, já sem sua vida... Xica desceu a rampa empinada que dá no convento.

Humilde da dor, volteou no sereno deserto a casa maior e mais azul do conjunto. Bateu lá nos fundos sem mais ar de dona. Bem devagarinho, com medo que ouvissem as suas precisões. Bateu novamente, tornada em escrava que pede uma esmola... Bateu outra vez...

Espiando cautelas, a porta se abriu rangendo nos pesos. Um padre-irmão-negro, espanto nos olhos, calados na boca, ouviu toda a história em quatro palavras... Conhecendo Xica — que não conhecia —, sua benfeitora, saiu e voltou com um prato quente de sopa cheirosa de nabos e couves.

Mas antes que Xica abrisse vontade de tomar sua sopa, surgiu, de batina, no topo da escada...

— Xiquinha!

— Zezé!

Os dois se agarraram, saudades dormidas; os dois se olharam nos olhos passados; os dois, de mãos dadas, se ajoelharam e foram se erguendo, tremendo soluços, as mãos entre as mãos, as bocas chegando em cima, no alto, colaram-se firmes, fechando o amor dentro.

— Enquanto houver amor...

— Xiquinha, enquanto houver...

De novo, colaram-se firmes os lábios, o amor renascido nos dentes, nas línguas...

Bonito era o quadro de imensa ternura.

— Zezé, meu amor, meu reino acabou... — na luz do vestíbulo, pouquinha de fato, choveu conformações.

— É a vida, Xiquinha... a vida é assim!

O padre-irmão-negro com a sopa no prato, bandeja nas mãos e assombro no olhar, virou pedra-só até que Xiquinha, Xiquinha-Tormenta, Xiquinha-Cigarra, Xiquinha-Loucura, largou temporal: os olhos de amêndoas escuras brilharam relâmpagos cheios de muitos passados, fechando leveza de um arco de vôo que nem procelária no meio da chuva partiu novamente, buscando Zezé, largado a pouquinho no canto da mesa.

— Não... não, Xiquinha, agora eu sou padre... não posso mais, não!...

Como uma pedra caindo num poço sem fundo Zezé mole, mole, deixou-se levar:

— Possível!? Ainda? Passados vinte anos?

Xiquinha, de fato, era a mesma ladina dos porões do arraial, das batas rasgadas nos jogos-pimenta, dos pés esfolados nas pedras do chão em labutas pesadas de negra cativa; Xiquinha era a mesma senhora do dono das minas, das camas-quimeras, das roupas incríveis só feitas na França, da chácara bonita, da grande galera, das muitas escravas, dos sapatos brancos que, um dia, ganhou...

147

— Xiquinha, aqui, não! Por Deus... Nunca mais! — Zezé dando com o padre-irmão-negro parado, fugiu, pra trás dele, às mãos sábias em coisas de amor.

Nascida de novo, Xiquinha de agora, cabelos grisalhos porém igualzinha à mesma Xiquinha dos anos primeiros da vida inocente na casa fartura do sargento-mor, Xiquinha se riu, já cantando vitórias nos olhos em fogo: rodou pelos braços o padre-irmão-negro, segurou Zezé, suando de um tudo, também de emoção, também de vontades... O padre fez "Oh!" e fugiu assustado como quem vê uma assombração. Então, Zezé, ágil, honrando seus votos, soltou-se outra vez mais das mãos sabedoras de Xica-Demônio. Desorientado de corpo e de alma, pensando na fé em na castidade, já rota no beijo da vinda-surpresa, olhou tudo em roda: a mesa, as janelas fechadas que, fora, andava friagem de inverno pesado, o confessionário, a cômoda, a pia... buscava um abrigo seguro com os olhos, não teve outro jeito: subiu às carreiras a escada redonda que, partindo de um canto, ia dar no pombal deserto do sino...

Apanhando em tufos a saia que arrastava no chão do mosteiro os grandes rasgões da caminhada de quase um dia inteiro, por ásperas trilhas e ofensoras pedras, deixando só ver os pés sujos de barro, feridos de muito fugir e pisar, Xica-Terrível alcança Zezé no meio da escada!

Zezé sobe mais...

Xica, se rindo, sobe também!

Por fim, todos dois, chegando lá em cima, atingem o sino em seu pombalzinho pequeno, apertado, baixinho, mimoso...

148

— Não... amor, não! Tem dó... meu estado... Agora, eu não posso...

— Que qui tem?... seja bobo!

— Por favor... Não vê, Xica? Aí, não! Já faz anos...

— Aí, sim! Não é bom? Não é não? Faz assim... como d'antes...

— Aí... Xiquinha... não... posso... mais... — minutos depois, a voz de Zezé, perdida nas horas, dormida no tempo, era só um suspiro de sono profundo.

Sobre o autor

João Felício dos Santos nasceu em Mendes (RJ), em 1911. Começou a escrever em 1938 e exerceu a profissão de jornalista por mais de quarenta anos.

Sobrinho do ilustre historiador Joaquim Felício dos Santos, o escritor é consagrado por seus romances históricos, nos quais retrata fases importantes do Brasil, como o ciclo minerador, a chegada da família real portuguesa, a Inconfidência Mineira, a Guerra dos Farrapos, e resgata personagens que se tornaram célebres — Xica da Silva, Carlota Joaquina, Aleijadinho, Anita Garibaldi, Calabar, entre outros. Suas biografias romanceadas apresentam uma linguagem acessível ao grande público, sem perder a excelência no que diz respeito ao rigor memorialístico. Por sua força expressiva, os livros *Xica da Silva; Carlota Joaquina; Ganga Zumba* (premiado pela Academia Brasileira de Letras) e *Cristo de Lama*, foram adaptados para o cinema.

Também de autoria de João Felício dos Santos: *Ataíde, azul e vermelho*; *Major Calabar* e *João Abade*.

O autor faleceu em 13 de junho de 1989, no Rio de Janeiro.

Este livro foi impresso nas oficinas da
Distribuidora Record de Serviços de Imprensa S.A.
Rua Argentina, 171 – Rio de Janeiro, RJ
para a
Editora José Olympio Ltda.
em janeiro de 2007

*

75º aniversário desta Casa de livros, fundada em 29.11.1931